Edition Erozuna

Anita Isiris

Die Schokospalte

Erotische Geschichten

Zweite überarbeitete Auflage

Umschlagbilder: Julia Neufeld
Satz: MCS Schabert GmbH, München
Druck + Bindung: Powerdruck
ISBN 978-3-9811434-1-6

Die Torhüterin

Fabrizia war gebürtige Florentinerin, lebte aber schon seit mehreren Jahren in der Schweiz. Eine große Leidenschaft hatte sie von Italien mitgenommen: Fußball.

Schon als kleines Mädchen hatte sie im Cortile, im Hinterhof, das Leder gekickt und musste sich bei den Jungs aus der Nachbarschaft lange durchsetzen, bis sie endlich das Tor hüten durfte. Das bedeutete Aufstieg. Dass Fabrizia überhaupt im Sportclub sein durfte – als Aktivmitglied versteht sich –, hatte sie ihrer resoluten Mutter zu verdanken.

Frau Vergani war alleinerziehend und kannte die Bedürfnisse ihrer Fabrizia. Sie war Serviceangestellte in der kleinen Kneipe gegenüber dem Sportplatz und verweigerte der Mannschaft den Abendtrunk so lange, bis ihre Tochter endlich an den Ball randurfte.

Fabrizia hatte ihre Leidenschaft auch im Erwachsenenalter beibehalten. Sie war Schuhverkäuferin, schaffte es aber trotz unregelmäßiger Arbeit, einmal die Woche im Fußballverein des Berner Vororts mitzutun. Mittlerweile war sie 21; die Männer aus dem Club schätzten sie sehr und, wie sie hoffte, nicht nur ihrer großen Brüste wegen, sondern aufgrund ihrer Qualitäten als Torhüterin.

Wieder einmal war Mittwoch, Fabrizia eilte zu ihrer Garderobe. An der abgeschlossenen Tür hing aber ein Schild:

Dieser Raum wird renoviert. Bitte den gegenüberliegenden Umkleideraum nutzen.

Schulterzuckend betrat Fabrizia die Männergarderobe. Als Erstes stach ihr der durchdringende Geruch von Sportlersalbe in die Nase. Der Raum war leer.

Rasch zog Fabrizia sich um und eilte in ihren knappen Gymnastikshorts aus dem Raum. Das knallrote T-Shirt mit dem Aufdruck des Fußballvereins trug sie zum ersten Mal und war stolz darauf. Das Match verlief sensationell; mit fliegenden Haaren fasste Fabrizia unter dem Jubel ihrer Kollegen beim letzten Penalty den Ball und entschied das Spiel so für ihre Mannschaft. Unter anerkennenden Kommentaren ihrer Männer ging sie zurück zur Garderobe. Etliche Blicke ruhten erwartungsvoll auf ihr.

Fabrizia war nicht prüde. Als Exhibitionistin allerdings konnte man sie auch nicht bezeichnen. Eine ganz normale Frau eben. Als sie ihr T-Shirt abstreifte, sahen sich die Jungs in ihren seit langem gestauten Erwartungen nicht enttäuscht.

Fabrizias dunkle Brustwarzen hoben sich mit ihrer Pfirsichkernstruktur von ihrem sonnengebräunten Körper ab; das feine Piercing am linken Nippel war die Vollendung. Die Männer konnten sich vom Anblick ihres Busens kaum losreißen.

Im Raum entstand eine atmosphärische Spannung. Es wurde still wie in einer Kathedrale. Die Stimmung verdichtete sich noch, als sie ihr Höschen abgestreift hatte und sich auf den Weg unter die Dusche machte.

Was sich ihr dort bot, war alles andere als eintönig: Zwischen jungenhaften Waschbrettbäuchen und Penissen, die durchweg der EU-Norm entsprachen, ließ sich auch ein Pykniker unter dem Duschdampf sichten: Kugelbauch, abfallende Schultern, Mikropimmel, Haarkranz – der Schiedsrichter.

Fabrizia unterdrückte ein aufsteigendes Kichern. Sie war hin und her gerissen zwischen Scham, Neugier und diesem Prickeln im Bauch, das all die Männer mit ihren wohltrainierten Körpern um sie herum verursachten.

Den Jungs erging es wohl genauso. Einige wandten sich ab, um ihre beginnende Erektion vor Fabrizia zu verbergen – so etwas gehörte sich doch nicht! – und boten ihr dafür ihre knackigen Kehrseiten.

Männerhintern faszinierten Fabrizia ohnehin; in dieser Unmittelbarkeit verursachten sie sogar ein leises Herzklopfen. Als sie die Duschlotion aus dem Metallhalter nahm, hörte sie dicht neben sich Stefans Stimme: „Soll ich dich einseifen, Fabrizia?“ Dermaßen überrumpelt, konnte sie nur mit einem „Wenn du meinst ... " antworten.

Sie wollte auf keinen Fall als prüde Zicke gelten. Schon spürte sie Stefans kräftige Hände an ihrem Rücken. Mit langsamen, kreisenden Bewegungen massierte er sie.

Fabrizia war endgültig zum Mittelpunkt geworden. Männer war sie gewohnt; Fabrizia hatte schon drei Freunde gehabt, die aber bei der ersten Gelegenheit nach ihren Titten gegrapscht hatten. Sie hatte immer den Schlussstrich gezogen. Diese Grapscherei fand Fabrizia plump – wo blieb die Sinnlichkeit?

Was sie jetzt rasend machte, war Stefans Gemächlichkeit. Ab und zu berührte sein Penis, der vorne spitz zulief, ihren Oberschenkel. Und diese Hände! Stefans Hände, die noch immer ihren Rücken und schließlich den Bauch verwöhnten. „Schaut mal her, Jungs, langsam, aber sicher wird sie geil!" Stefan redete über sie!

Fabrizia war seit längerer Zeit in Stefan verliebt. Es war aber schwierig, ihn außerhalb der Mannschaft allein zu treffen. Was trieb er hier für ein Spiel? Sie war Wachs in seinen Händen. Er war auf dem besten Weg, sie „hochzujagen". Das Gefährliche an der Sache war, dass Stefan dies zu wissen schien.

„Fabrizia, bück dich doch bitte mal so, als ob du eine Seife aufheben würdest." Der Dampf im Duschraum verhinderte die Sicht auf ihr Pfläumchen kaum. Fabrizia war teilrasiert – vorn das volle Haardreieck, das ihren Körper schmückte, aber im hinteren Drittel waren die Schamlippen nackt.

Die Jungs bildeten jetzt einen Halbkreis hinter ihr. „Enrico, komm mal her, massier ihr den Po!" Aus der Gruppe löste sich der italienische Verteidiger und streichelte lüstern über Fabrizias Hintern. Dann drang er mit dem „italienischen Griff" – Daumen im Poloch, Zeigefinger in der Muschi, Mittelfinger an der Clitoris – in sie ein.

Das ging Fabrizia zu weit. Rasch richtete sie sich auf und wandte sich Enrico empört zu. So hatten die Jungs Gelegenheit, sie ausgiebig von vorn zu betrachten. „Hey, seht mal, was für Hämmer ...“, „Ich mag behaarte Fötzchen“, „Wow, ist die geil“, waren die einzigen vulgären Bemerkungen. Die andern Männer schwiegen andächtig. Es machte ihnen auch nichts mehr aus, dass Fabrizia ihre erigierten Schwänze sehen konnte. Schließlich war sie doch eine von ihnen. Oder etwa nicht?

Wie immer nach dem Training traf sich die Mannschaft eine Viertelstunde später in der Kneipe gegenüber. Fabrizia war unter ihnen und genoss den gewohnten Respekt.

Beim nächsten Training war ihr Umkleideraum renoviert.

Die Schokospalte

Es ging auf Weihnachten zu. Die Tage wurden kürzer, graue Nebelschleier und Dunkelheit senkten sich über Liebefeld, einen Vorort von Bern, der ein Industriestandort ist und keineswegs hält, was sein Name verspricht.

Abend für Abend, zur Stoßzeit, war der Trolleybus aber mit ausnehmend hübschen Frauen gefüllt, die in Bern arbeiteten und irgendwo in Liebefeld in bescheidenen Mietwohnungen lebten.

Das entging auch dem arbeitslosen Bäcker Rolf Wenger nicht, der vor Jahresfrist seine kleine Konditorei hatte schließen müssen und seither von der Fürsorge lebte, weil sich vor ihm ein enormer Schuldenberg auftat.

Rolf Wenger war ein Träumer. Ein Tagträumer, der seine Zeit auch ohne Erwerbsleben ausfüllen konnte. Er war besessen von weiblicher Schönheit. Nein, wir reden hier nicht vom Nextmiss-Supermodell, das auf Plakatwänden, Magazincovers und im Fernsehen unnatürlich entrückt wirkt. Nein, Rolf Wengers Herz schlug für die gewöhnliche Frau von nebenan. Schon in der Grundschule hatte er einen scharfen Blick für die Mütter seiner Mitschüler gehabt. 30- bis 40-jährige Frauen, die in ihm ein Kind sahen und ihm – ohne viel zu überlegen –, nur in ein Badetuch gehüllt, die Tür geöffnet hatten.

Rolf Wenger hatte ein fotografisches Gedächtnis. Er erinnerte sich bestens an Frau Probst, die Mutter von Marc, der er einmal für den Bruchteil einer Sekunde, während sie ihr Badetuch zurechtrückte, zwischen die Beine geschaut hatte. Ihr dunkles Schamhaar war noch nass, sie hatte geduscht.

Rolf Wenger war besessen von der weiblichen Scham. Nicht, dass ihn Brüste nicht auch fasziniert hätten und was der schönen Dinge mehr sind. Auch Frauenhintern in ihrer Apfel-Pfirsich-Unschuld begeisterten ihn. Aber seine wahre Liebe galt der Spalte, der delikaten Stelle des weiblichen Körpers, wo die Beine zusammentreffen.

Rolf Wenger war eben erst 43 Jahre alt geworden. Besessenheit gehört wohl eher zur Lebenswelt von Teenies, würde man vermuten. Er aber dachte alle paar Minuten an die weibliche Ritze.

Er liebte die Lücke, die sich bei den Frauen, die er im Fitnesscenter traf, unter den Leggings abzeichnete. Sein Herz schlug für nasse Badeanzüge, die körperliche Details sichtbar machten. Tiefer gehende Beziehungen zu Frauen waren allerdings nie sein Ding gewesen. Er sah gut aus und hinterließ bei vielen Frauen den Eindruck eines Unterhalters und Beschützers. Auch seine großen, kräftigen Hände sprachen für Rolf Wenger. Damit knetete er – in seiner erfolgreichen Zeit als Konditor – jeden Morgen Brötchen, die er dann eigenhändig unter die Leute brachte. Er hatte viele Stammkundinnen. Oft auch ehemalige Schulfreundinnen, die, mit kleinen Kindern an der Hand, seinen kleinen Laden betraten. Verliebt war er eigentlich in alle, denn jede Frau besaß ja eine Ritze. Natürlich behielt er seine Leidenschaft für sich.

Rolf Wenger sammelte Spaltenbilder. Im *Playboy* waren sie nicht zu finden, sehr wohl aber im *Penthouse,* in *Men Only* und *Club.* 1995 kaufte er sich seinen ersten Computer und erkundete das Internet. Wengers Sammelleidenschaft feierte ab diesem Moment Urständ. Gigabyte um Gigabyte lud er sie sich runter – die Spalten – von Webseiten wie etwa www.voyeurweb.com, www.book-mark.net, www.abbywinters.com, www.atkgallery.com und www.projectvoyeur.com.

Die täglich neu hinzukommenden „Lücken" raubten ihm den Schlaf. Um ein Uhr begann seine Arbeit in der Backstube. Gegen 0.30 Uhr musste er seinen PC widerwillig verlassen und in seine Bäckeruniform schlüpfen.

Der Laden brachte aber viel Geld. Rolf Wengers Sortiment war enorm. Dann wurde er arbeitslos. Die Bedürfnisse seiner Kundinnen hatten sich gewandelt, Großverteiler wie Aldi und Lidl machten sich daran, die Schweiz zu überziehen. Die helvetische Migros verfeinerte ihr Delikatessensortiment. Sie machte damit jedem Privatbäcker auf ruinöse Weise Konkurrenz. Über Jahre hinweg lebte Rolf Wenger unter einem Damoklesschwert – und eines Tages stürzte es hernieder und zerstörte seine kleine und liebevoll gepflegte Konditorei. Er stand unter Druck und musste handeln. Ein Kassenknüller musste her, ein Ding, dessen Produktion Spaß machte und mit dem sich auch noch Geld verdienen ließ. So erfand er die Schokospalte.

Monatelang arbeitete er in seinem kleinen Dachzimmer, dessen Miete Wenger mit Sozialhilfe berappte, am Design der Delikatesse, die von der Stadt Bern aus in die Welt hineinstrahlen sollte. Endlich hatte er die perfekte Spalte vor sich. 3-D-Computerprogramme hatten ihm dabei geholfen. Dutzende von Fotos hatte er zu Hilfe genommen, besagte Stellen herangezoomt und sich im Lauf der Zeit mehr Lücken zu Gemüte geführt als mancher Gynäkologe oder Fotograf. An der Volkshochschule besuchte er Projektmanagementkurse und Ideenseminare – ohne allerdings auch nur einer einzigen Menschenseele anvertrauen zu können, welch großes Ding ihm da vorschwebte. Ob sich eine Schokospalte überhaupt unter die Leute bringen ließ? Mit Osterhasen gab es ja keine Probleme, auch Schokoladentafeln verkauften sich gut – selbst in unergonomisch dreieckiger Form.

Zuallererst benötigte Rolf Wenger ein Übungsmodell. Welche Frau aber würde bereit sein, ihre Schamlippen in Schokolade gießen zu lassen? Flüssige Schokolade war naturgemäß heiß, und was heiß ist, schmerzt. Naturgemäß. Dann kam er auf die Idee mit dem Gipsabdruck. War die Situation aber nicht etwas peinlich? Man stelle sich eine Frau, unten nackt und säuberlich rasiert, auf einem Untersuchungstisch in einer Bäckereistube vor. Vor ihr ein Mann mit hochrotem Kopf, der eine hauchdünne Folie über ihr Genital legt, damit der Gips, mit dem er danach ihre Spalte ausstreicht, nicht kleben bleibt. Auskühlen, die Gipsform sorgfältig entfernen und mit einer neuen Folie auskleiden, das Negativ mit Schokolade ausgießen, diese ablösen und ab mit dem Kunstwerk ins Schaufenster des Ladens.

So ging das natürlich nicht, dessen war sich auch der Fanatiker Rolf Wenger bewusst. Das mit den Modellen in der Bäckereistube ging ja noch an – aber die Vermarktung? Der Laden gehörte ihm ja nicht mehr – eine Schokospaltenausstellung im Schaufenster kam daher nicht in Frage. Rolf Wenger sah die Lösung aber vor sich: das Internet! Hier wurden sogar bizarr geformte Cornflakes und obszön gestaltete Möhren versteigert – dort, im World Wide Web, würde doch bestimmt Platz sein für Schokospalten? Sie waren ja qualitativ auf höchstem Schweizer Niveau und über Monate haltbar – im Gegensatz zu Edeltrüffeln beispielsweise.

Rolf Wenger machte sich auf die Suche nach seinem ersten Modell. Seine alte Backstube gehörte ihm noch, nur der Laden war vom Gewerbeaufsichtsamt geschlossen worden. Einen ganzen Tag lang reinigte Rolf Wenger seine zukünftige Produktionsstätte. Er kaufte sich die URL „www.schokospalte.ch" und erwarb übers Internet für sehr wenig Geld einen Untersuchungstisch.

Dann verfasste er ein Zeitungsinserat, das er mehrmals in der Berner Zeitung erscheinen ließ. Es gab da die übliche Bekanntschaftsecke: Zäme Schi fahre (zusammen Ski fahren) hieß es da oder zäme musige (zusammen musizieren). Rolf Wenger erweiterte die Inseratseite um die Rubrik zäme bache (zusammen backen) und suchte eine herzliche, spontane unkomplizierte Frau zwecks kulinarischem Experiment.

Es meldeten sich Dutzende von Frauen, zum Teil gleich mit Foto. Rolf Wenger traf eine Warenhausverkäuferin, die 21-jährige, etwas dralle Monika Beerle. Er lud sie zu einem Kaffee ins Liebefeld ein und schilderte ihr sein Projekt. Monika senkte peinlich berührt den Blick, prustete dann aber los. Rolf Wengers Ansinnen schien ihr derart bizarr, dass sie sich nicht mehr beherrschen konnte.

„Also gut, ich mache mit", versprach sie dem völlig verunsicherten Profikonditor ganz spontan, und die beiden vereinbarten einen ersten Produktionstermin in der Bäckereistube, zu dem Monika Beerle dann frisch geduscht und mit streng nach hinten gekämmtem Haar erschien. Sie sah aus wie eine Schwimmerin. Rolf Wenger erschien sie hübscher als beim ersten Treffen. Ihr lindgrünes Kleid verstärkte das Strahlen ihrer Augen.

Er bot ihr einen Baileys an und besprach darüber das Prozedere. Das Kleid dürfe sie selbstverständlich anbehalten, nur das Höschen müsste sie ausziehen. Er würde ihre Venus mit Vaseline einstreichen und dann den Schokoguss vorbereiten. Monika Beerle wurde feuerrot im Gesicht, Rolf Wenger ebenso.

Sie kletterte auf den Untersuchungstisch und präsentierte dem gelernten Bäcker ihr Geschlecht, das sie liebevoll rasiert hatte. Der Anblick der nackten Schamlippen ließ Rolf Wenger in den siebenten Himmel entschweben. Zärtlich drückte er die hauchdünne Folie zwischen die Schamlippen der Warenhausverkäuferin.

„Damit der Gips nicht kleben bleibt", erklärte er und blickte ihr ernst in die Augen. Monika Beerle nickte wortlos. Rolf Wenger richtete eine Spotlampe auf ihre Lücke. Wie viele dralle Frauen hatte auch Monika Beerle prächtige, pralle Labien, die sich für einen Gipsabdruck perfekt eigneten.

Als er Monikas Muschi liebevoll eingipste, lachte das Modell kurz auf. Das Auskühlen dauerte wegen Monikas Körperwärme länger als erwartet. Danach aber hielt Rolf Wenger das Kunstwerk, das die Konditorenwelt verändern sollte, in seinen Händen. Er konnte kaum den Blick davon lösen; das Produkt würde berühmter werden als Berner Bär und Toblerone zusammen. Monika reinigte sich und zog sich unbeobachtet an.

„Tschüss", rief sie ihm zu und verließ behände die Bäckereistube, während der Meisterkonditor noch immer fasziniert den Abdruck fixierte. Auf das vereinbarte Honorar verzichtete Monika Beerle. Und Rolf Wenger?

Er arbeitete noch die ganze Nacht wie im Rausch, füllte das Muster mit Schokolade, ließ es auskühlen und nahm schließlich im

Morgengrauen eine der fertigen Schokoschamlippen mit nach Hause. Er stellte sie auf seinen Nachttisch und knipste die kleine Lampe an. Sein Penis war schon sehr lange steif und schmerzte.

„Monika", flüsterte er immer wieder, „Monika." Dazu rieb er an seinem schweren Glied.

Mitten im Orgasmus ereilte ihn ein Herzinfarkt und riss ihn aus seiner Wonne. Für immer. Wengers Schokospalte kam nie in den Verkauf.

Für die Unternehmerinnen und Unternehmer unter euch: Auch die Adresse „www.schokospalte.ch" ist wieder zu haben. Nur, damit ihr informiert seid. Für alle Fälle oder so.

Tamaras Brüste

Heute besteht die Arbeitskleidung der modernen Krankenschwester aus einem grünen oder blauen Kittel und einer weißen Hose. Der Kittel ist „figurneutral“ geschnitten und lässt nur mit Mühe erahnen, was sich darunter verbirgt.

Herr Canazzo, Patient in Zimmer 114, hatte aber einen Röntgenblick. Schon als die 19-jährige Tamara zum ersten Mal sein Zimmer betrat, starrte er auf die Stelle ihres weiten Kittels, wo er gewaltige Brüste vermutete. Er gebärdete sich dementsprechend, wirkte fahrig und seine Augen glänzten. Diese vegetativen Reaktionen waren keineswegs der kurz zuvor erfolgten Narkose – Herr Canazzo war am linken Meniskus operiert worden – zuzuschreiben. Tamara war füllig und dabei mit ihren 163 cm eher klein.

Herr Canazzo zog sie mit seinen Blicken aus. Als Tamara das Zimmer verlassen hatte, fuhr er mit der Hand unter die Bettdecke. Er streichelte seine Eier, fuhr mit befeuchteten Fingern über seine Eichel und rieb schließlich seine Latte auf und ab, während er sich die junge Frau vorstellte: Tamara, die sich bückte, Tamara, die ihm mit nacktem Oberkörper Tee einschenkte, Tamara, die ihn mit ihren schweren Brüsten wärmte.

Einen Tag später hinkte Herr Canazzo an Gehstöcken durch den Korridor. Tamara begegnete ihm und versuchte ihm auszuweichen. Die drei oberen Knöpfe ihres Kittels standen offen; darunter trug sie ein weiß und blau gestreiftes T-Shirt. Das war zu viel für Canazzo. Er stellte sich Tamara in den Weg, starrte auf die gewohnte Stelle und bellte lauthals: „Questa signorina a und grande capitale. Guardate queste melone, figuratevi questo seno!"

Allen war klar, wonach ihm der Sinn stand. Die Ärzte, die gerade mit der Visite beschäftigt waren, ließen sich nichts anmerken. Jeder von ihnen hatte sich aber die ahnungslose Tamara schon mal nackt vorgestellt. Dem Mitpatienten, der Herrn Canazzo in diesem

Augenblick grinsend auf die Schulter klopfte, ging es genauso. Sie war unwiderstehlich. Selbst ihr Billigparfum – was hätte sie sich denn anderes leisten können? – tat dem keinen Abbruch. Es war niemandem klar, ob sie ihre Unschuld bewusst zur Schau trug oder ob sie wirklich so war, wie sie wirkte: ein klein wenig unsicher, fast scheu, aber mit herzerwärmendem Blick.

Tamara wurde tiefrot im Gesicht; bis an den Rand ihres Matrosinnen-T-Shirts breitete sich der Farbwechsel aus. Sie mochte ihren Körper doch überhaupt nicht! Viel zu fett kam sie sich vor – und besonders ihr Hintern! Peinlich genug, dass es in der Wäscherei nur selten die richtige Kittelgröße für sie gab.

Es kam der Nachmittag, an dem Herr Canazzo absichtlich sein Thermometer fallen ließ. „Oh, excusez, madame", sagte er mit Unschuldsblick, „tut mir leid!".

Schon am Morgen hatte er mit seinem lüsternen Zimmernachbarn nach einer Situation gesucht, in der die junge Krankenschwester sich gezwungenermaßen bücken musste.

Canazzo erhoffte sich einen Blick auf ihre Melonen, der Nachbar im Nebenbett die freie Sicht auf ihren Hintern, über dem sich das Mischgewebe der Uniform spannen würde. Die beiden Männer kamen voll auf ihre Kosten, während Tamara den Boden aufwischte.

Ihr erster Nachtdienst: Vergeblich hatte sie versucht, sich nicht in Canazzos Zimmer einplanen zu lassen.

„Die beiden Meniskuspatienten sollten kein Problem für dich sein", hatte die Stationsleiterin in einem Ton, der keinen Widerspruch duldete, gesagt.

Tamara schickte sich ins Unvermeidliche und wurde von einer für sie unverständlichen Erregung gepackt.

Noch nie hatte sie mit einem Mann geschlafen, dann und wann Geknutsche nach einer Party, das war's dann aber auch. Nun gab es aber hinter jener Zimmertür einen älteren Mann, der sie intensiv begehrte, der durch ihren Kittel hindurchsehen konnte und die Größe ihrer wohlverborgenen Brüste erahnte.

In Tamaras Bauch schlich sich ein leises Prickeln.

Es ging auf die Zwei-Uhr-Runde zu. Zaghaft öffnete Tamara die Tür zu Zimmer 114, um die beiden Patienten zu überwachen. Ihre Taschenlampe konnte sie gleich wieder einstecken: Das Zimmer war hell beleuchtet. „Komm näher, Kleine!“ Tamara schreckte zurück, besann sich eines Besseren, betrat den Raum und schloss die Tür hinter sich. Es war totenstill, die Nacht verlief ruhig, kaum jemand klingelte. Tamaras Kollegin schlief vor dem Fernseher. Sie trat zwischen die Betten der beiden Patienten.„Ich muss Ihren Verband kontrollieren, Herr Canazzo!“. Bereitwillig schlug dieser die Bettdecke zurück. Hypnotisiert starrte Tamara auf sein riesenhaftes Glied.

„Tamara – ich darf doch Tamara zu dir sagen? Hör jetzt gut zu. Wir wissen alle drei, dass wir in einem Spital sind. Gegenseitiger Respekt ist sehr wichtig, damit ein solcher Betrieb überhaupt funktioniert“, richtete er scheinheilig sein Wort an die junge Frau. „Aber weißt du, wir sind Männer. Ihr lernt in eurer Ausbildung bestimmt auch etwas über die Bedürfnisse von Männern. Das sind ganz normale Bedürfnisse, Tamara, da ist nichts dabei. Tut mir leid, dass ich dich letzthin wegen deiner Brüste angemacht habe, tut mir aufrichtig leid. Aber wir können nichts für unsere Natur. Stimmt’s, Kollege?“ Der Patient im Nebenbett murmelte bestätigend. Er war Direktor einer Schokoladenfabrik und hieß Herr Bremi.

Noch immer starrte Tamara fassungslos auf Herrn Canazzos Zentralorgan. Seiner Rede hatte sie nur halb zugehört. „Also, Mädchen, wir möchten jetzt deine Brüste sehen.“ Nun war der Ball bei Tamara. „Sie betrachten meine Oberweite ja schon die ganze Zeit“, antwortete sie nüchtern. „Welche Körbchengröße hast du denn?“

Im Raum wurde es still, als Tamara sich – entgegen sämtlichen Erwartungen – an den Knöpfen ihres Kittels zu schaffen machte. Der Nachtdienst war todlangweilig – wieso also nicht den beiden etwas Spannung verschaffen? „Aber nur schauen, o.k.? Sobald einer versucht, mich zu berühren, alarmiere ich die Kolleginnen.“

Nun war der Kittel offen; Herr Canazzo machte eine Bemerkung über die leichte Rundung von Tamaras Bauch unter dem eng anliegenden T-Shirt. Tamara trat ein paar Schritte zurück, um Distanz zu gewinnen. Langsam, ganz langsam schob sie ihr T-Shirt hoch. Als Erstes war der schwarze BH zu sehen, den ihre Mutter ihr zum Geburtstag geschenkt hatte. „So?"

Herr Canazzo zog die Decke über sich und die Knie an. Er führte seine Hand an sein Glied. Er wollte sich nicht direkt vor Tamara befriedigen, um sie nicht zu irritieren. „Jaaah, gut, Tamara. Zieh deinen BH jetzt aus, Kleines." Tamara griff nach hinten, wie sie es jeden Morgen und Abend tat, und hatte bald darauf das verheißungsvolle Kleidungsstück in den Händen.

Nun bekamen die beiden Herren Stielaugen. Da stand die junge Frau mit bis zum Kinn hochgeschobenem T-Shirt und präsentierte ihnen lächelnd ihre Oberweite. Wusste sie überhaupt, was sie da tat? Im grellen Neonlicht des Zimmers entging den beiden Patienten kein Detail. Sie vergaßen ihre Menisken.

Tamaras Brüste waren in der Tat sehr groß. Ihre Nippel waren dunkel. Sie traten leicht hervor. Die vollen Lippen, das fragende Lächeln, das tiefschwarze Haar, das im Neonlicht schimmerte ... „Knete jetzt deine Titten, du geiles Luder!" Wieso wurden Männer ab einem gewissen Erregungsgrad immer so vulgär? Geiles Luder?

Jetzt war Tamaras Grenze erreicht. Lächelnd rückte sie ihr T-Shirt zurecht und entzog den beiden ihre natürliche Pracht. Dann warf sie Herrn Canazzo ihren BH zu und wünschte ihnen eine gute Nacht.

Groß, schwer und lüstern grinsend hing vor dem Fenster der Mond. Er hatte alles mitbekommen.

Fabrizio, Sophia

Fabrizio Fortuna ist nicht sein richtiger Name. Er ist Newcomer in der Gegend. Newcomer sind einsame Wölfe auf der Suche nach einem Versteck. Nach Schutz vor dem Wind. Nach einem Quäntchen Glück. Einsame Wölfe sind hungrig. Sehr hungrig sogar.

Sophia lebt in Berlin. Sie bezeichnet sich als radikaldemokratisch. Dass sie damit die Polizei verärgert, ist klar. Das sind ja keine Demokraten, in Berlin schon gar nicht. Eigentlich schade, dass sie Ulrike Meinhof nie kennen gelernt hat. Auch Gudrun Ensslin ist zu früh gestorben. Gerade in unserer Zeit hätten wir solche Aktivistinnen dringend nötig. Menschen, die sich dem ethischen Terrorismus verpflichten. Selektive Tötung von umweltzerstörenden Gesetzgebern, mauerbauenden Nahostpolitikern und kriegsrünstigen Weltmachtführern.

Terrorismus ist heutzutage keineswegs ethisch. Die RAF ist tot. Heute wird ungerichtet zugeschlagen. Überall und jederzeit. Zivilbevölkerung ausgelöscht ohne Sinn. Der ideelle Hintergrund fehlt.

Das ist auch mit Drogen so. Man dröhnt sich zu, um sich zuzudröhnen. Bewusstseinserweiterung? LSD? Tempi passati. Heute wird terrorisiert und gefixt. Die Menschheit verblödet. Religion und Heroin versenken uns im Abgrund. Ihr werdet schon sehen.

Fabrizio Fortuna beobachtet Sophia. Mit feschem Kurzhaarschnitt sitzt sie auf ihrem sonnigen Balkon, der seiner Wohnung gegenüberliegt, die Füße aufs Geländer gelegt. Stünde Fabrizio etwas näher, könnte er ihr Höschen sehen. Sophia trägt einen schwarzen Mini, der knapp ihren etwas zu großen Hintern bedeckt.

Ja, Sophia lebt in Berlin. Sie ist cool. Sophia mag Jungs, die in der Lippe so seitlich ’nen Ring tragen. Das macht sie ganz wuschig.

Sophia küsst für ihr Leben gern. Sie könnte ganz gut darauf verzichten, mit bestimmten Kerlen zu schlafen. Küssen hingegen muss sie einfach, und zwar hingebungsvoll und innig, wie das in den 50er und 60er Jahren noch Mode war. Sophias Pech: Die Kerle wollen nicht den kleinen Finger. Sie wollen die ganze Hand. Sie wollen nicht nur Sophias Lippen. Sie wollen gleich ihre Schamlippen.

Sophias Schamlippen: Sie kann daran nichts Besonderes finden. Sie rasiert sich da unten regelmäßig, immer freitags, denn da kommt ihr Freund.

Fabrizio weiß jetzt, dass er seine Nachbarin kennen lernen muss. Unbedingt. Das ist jetzt wichtiger als Jobsuche, Fußball, Autos und Urlaub in Amalfi. Wichtiger als der Bierladen gegenüber, wichtiger als Koks, das er sich gönnt, dann und wann. Sophia besetzt seine Sinne. Ob er sich eine Kamera kaufen soll? Die neue Sony Alpha 700 mit dem Superzoom? Oder einen Feldstecher? Damit käme er sich allerdings blöd vor – wie sein Onkel, Gemsjäger aus Oberösterreich. Fabrizio will nicht jagen, Gemsen schon gar nicht. Er will beobachten, möchte mehr wissen über seine geheimnisvolle Nachbarin.

Sophias innere Schamlippen sind unscheinbar. Sie findet ihre Cliti rasch. Die anatomischen Voraussetzungen für geiles Onanieren sind gegeben. Sophia streichelt sich selten in den Schlaf, fummelt nicht gerne an sich rum. Das überlässt sie ihrem Freund. Sophia ist sensibel, sehr sensibel sogar. Liest Brecht, Tucholsky, Marx und so revolutionär-philosophisches Zeug.

Sophia besetzt nicht nur Fabrizios Gedanken. Dessen Erektion ist aber kaum zu ertragen. Er legt Hand an sich, fast scheu. Sophia räkelt sich auf ihrem Balkon. Sie fühlt sich unbeobachtet, öffnet ihre Schenkel ein wenig. Fabrizio kann ihr Höschen sehen. Es ist rosa.

Sophia mag die U-Bahn. Sie mag coole Schnappschüsse von sich, das macht sie ganz kirre. Die Schnappschüsse zeigen aber meist nur ihr Gesicht. Sophia findet ihre Brüste hässlich. Warum wohl? Fabrizio würde darauf brennen, sie anzusehen, anzufassen, zu streicheln ... Bisher trug sie BHs, weil sie es hasst, wenn ihre Nippel zu erahnen sind. Sie findet nicht, dass ihre Titten etwas Besonderes sind. Ihre Mutter hat ihr vor kurzem ein total tolles Unterhemd geschenkt. Es formt ohne Bügel und so und fühlt sich ganz weich an. Sie wird ihre BHs wegschmeißen und nur noch solche Teile tragen.

Fabrizio reibt an seinem Glied. Hinter dem Vorhang, den seine Mutter ihm für die neue Wohnung in Berlin Mitte genäht hat, fühlt er sich sicher. Wolken ziehen vorbei. Fabrizio liebt Inga Humpes Stimme. Diese geilen deutschen Mädchen, verdammt! Wo auf der ganzen Welt gibt's denn sonst so begehrenswerte Frauen? Inga Humpe lässt ihn sowieso alles vergessen. Alles, was auf der großen weiten Welt unter Erotik verstanden wird, kommt in Ingas Stimme zum Ausdruck.

Es wird morgen. Neue Zweiraumwohnungwolken ziehen vorbei. Auf Zehenspitzen schleicht Fabrizio sich zu seiner Minianlage. Du kannst fliegen – vielleicht. Fabrizios großer Penis ist eine Augenweide. Wieder beobachtet er die ahnungslose Sophia. Sie streichelt sich. Ihre rechte Hand ist in ihrem Höschen.

Sophia beißt gerne in Marmeladenbrote. Wie sie sich schminkt? Sehr auffallend. Sie macht einen typischen 60er-Jahre-Lidstrich und dann bunte Augen oder Wimpern. Sie steht auf alles, was glitzert und funkelt. Sie ist eine liebenswerte Person, sorgt sich aktiv um die Umwelt. Sophia ist hochintelligent. Sexuell hat sie keine offenen Wünsche. Vielleicht Sex am oder im See oder Pool oder so. Scheiterte bis jetzt immer am nicht vorhandenen See oder Pool. Es gibt hunderttausende von Männern, die Sophia gerne mal im oder am

See verwöhnen würden. Wahlweise auch im Pool. Sie mag es, wenn ein Kerl sie von hinten nimmt – nachdem er sie nach allen Regeln der Kunst gefesselt hat. Analverkehr verabscheut sie aber – Dildos und anderes Liebesspielzeug auch. Sophia fesselt auch gerne aktiv. Sie ist geschickt und schnell. Wenn sie bei ihrem Freund ist, schläft sie nackt. Wenn sie im Sommer allein ist, schläft sie in Unterwäsche und im Winter in Boxershorts und T-Shirt. Manchmal trägt sie auch so ein romantisches Nachthemd, das bis zum Boden geht und ganz weiß und weit ist.

Sie ertastet ihre Cliti. Wie warm die Sonne scheint ..., fast wie in Inga Humpes Liedern. Sexy Girl. Sophia fühlt sich unbeobachtet, ahnt aber, dass da gegenüber was los ist. Ein Vorhang bewegt sich leicht. Sophia stellt sich vor, sie würde beobachtet. Von einem gut aussehenden, italienischen Mann, einem mit dunklen warmen Augen, einem sportlichen Body und einem charmanten Akzent. Sophia schließt die Augen. Sie ist ganz feucht und geschmeidig und reibt jetzt heftiger.

Wenn Fabrizio doch auf Sophias Balkon sein könnte! Ganz zärtlich würde er ihre Hand zur Seite schieben und ihre Muschi ertasten. Vielleicht würde er einen Finger in sie reinschieben oder zwei. Oh ja, und Sophia würde stöhnen, ganz leise. Sanft würde er an ihrem Ohr knabbern. Fabrizio kommt es fast bei dem Gedanken, aber nur fast. Er möchte den Moment hinauszögern, solange es geht.

Sophia würde auf die Frage, was sie denn glücklich macht, folgendermaßen antworten: „Wenn andere Menschen glücklich sind. Wenn mir jemand ein Kompliment macht oder mir etwas schenkt. Damit meine ich keine teuren Geschenke. Ich meine etwas selbst Gebasteltes, etwas, das von Herzen kommt. Wenn mein Freund sagt, dass er mich von Tag zu Tag mehr liebt. Die Sonne, die Blumen, eine Umarmung, ein Eis, ein Bier, ein Sekt, ein Vogel, eine Katze, ein

Hund, ein Punk, egal. Ich liebe Harmonie. Jede Art von Konflikten macht mich traurig. So lange sich die Menschen anlachen, lieb zueinander und fröhlich sind, so lange bin ich es auch."

Sophia lebt in Berlin. Sie braucht keinen ethischen Terrorismus – den unethischen Terrorismus unserer Tage schon gar nicht. Jede Art von Konflikten macht sie traurig. Solange sich die Menschen anlachen und fröhlich sind, solange ist sie es auch.

Fabrizio würde auf die Frage, was ihn denn glücklich macht, folgendermaßen antworten: „Wenn eine Frau für mich Pasta kocht. Wenn ich Augen zum Leuchten bringen kann. Meine Vespa, die ich in Torino zurückgelassen habe. Die Gambe lunghe der Ragazze tedesche. Ein Seno nudo am Strand. Die Fischer an der Adria, die so traurig schauen. Gelati, am liebsten ein bunter Ghiacciolo. Der Pinienwald, durch den man ans Meer geht. Solange Menschen sich anlachen und fröhlich sind, bin ich es auch."

Fabrizio lebt in Berlin. Er braucht keinen ethischen Terrorismus – den unethischen Terrorismus unserer Tage schon gar nicht. Jede Art von Konflikten macht ihn traurig. Solange sich die Menschen anlachen und fröhlich sind, solange ist er es auch.

Wie sieht Sophia unter ihrem weißen weiten Nachthemd aus? Ihre Brüste würde sie Fabrizio nicht ohne weiteres zeigen. Ob sie sich rasiert? Muschi? Beine? Achseln?

„Sag nicht ‚Muschi' ..., das klingt wie 'ne räudige Katze ..., MUMU! Ich rasiere mich immer dann, wenn mich jemand nackig zu Gesicht bekommt. Also immer freitags, denn da kommt mein Freund ... und dann das volle Programm. Ich bin dann sozusagen komplett geschoren."

Sophia, die Berlinerin, ... komplett geschoren ..., wer möchte da nicht ihr Freund sein? Sich neben sie legen? Am Wannsee, in einem der Mietshäuser am Prenzlauer Berg, irgendwo in einem grauen Häuserquartier an der Warschauer Brücke? Wer möchte nicht ihr weißes weites Nachthemd hochschieben? Sie liebt es, wenn ein Kerl sie etwas zappeln lässt, bevor er sie innig streichelt, und, na ja, in sie eindringt. Ihren Freund darf sie nicht mit Männern betrügen, mit Frauen schon ...

Sie hat schon immer gerne mit Frauen rumgeknutscht. Vor zwei Wochen hat sie mit einer Freundin geschlafen, und es war super. Sehr zärtlich. Und das Gute ist, dass sich dadurch nichts zwischen Sophia und ihrem Freund geändert hat. Sie verstehen sich wie eh und je. Sophia mag es, mit Frauen zu schlafen. Ihr Anblick ist also nicht nur Kerlen vorbehalten. Ob sie beim Liebemachen stöhnt? Diese Frage habe ich ihr nicht gestellt. Etwas Diskretion muss sein. Auch unter Radikaldemokraten.

Fabrizios Herz schmilzt. Langsam bewegt Sophia ihr Becken. Er kann ihre Erregung nur erahnen. Sie wirft den Kopf zurück ..., Fabrizio reibt langsam und genussvoll an seinem Penis und stellt sich vor, er würde ihn endlich in Sophia reinschieben und diese süße Deutsche vögeln, oh ja, sie würde sich vielleicht auf ihn setzen, ihre Brüste würden sich für ihn bewegen ... und er würde ihren Hintern packen, leidenschaftlich und innig.

Sophia mag es, wenn sie jemand mit Händen und Zunge verwöhnt. Dann schmilzt sie dahin. Aufs Küssen reagiert sie sehr, sehr empfindlich. Sie trägt oft nichts unten drunter, hat einen sehr sensiblen Hintern. Sexy Girl. Ja, sie wird rasch feucht unter ihrem weißen weiten Nachthemd. Sophia mag auch Bäume. Schöne Dinge in unserer Umwelt machen sie glücklich. Dann lacht sie, ist entspannt und fröhlich. Sophia trinkt. Zitat: „Das ist Sophia: viel Alkohol, wenig Zigaretten (nur wenn kostenlos da), wenn vorhanden, dann

Gras (nur wenn kostenlos da) und sonst nur Luft und Liebe. ich hasse chemische Drogen. Hab ich Angst vor.

Sophia mag bunte Klamotten. „Ich bin der Inbegriff von BUNT! Außer heute. Da trage ich einen viel zu kurzen schwarzen Mini mit einem rosa Höschen drunter. Oben ein T-Shirt und eine schwarze Strickjacke mit einem großen rosa Schmetterling drauf."

Fabrizio und Sophia nähern sich gemeinsam einem Orgasmus, ohne voneinander zu wissen.

Sophia ist spontan, klug, liebenswert. Sie mag Frauen und Männer gleichermaßen. Das macht sie glücklich. Als sie sich kürzlich anlässlich eines Autorenabends in einen engen Fummel zwängte, war sie geschockt. Der Rock hat im Sommer 2003 noch besser gepasst. Sophia muss auf ihren Hintern aufpassen.

Fabrizio ist spontan, klug und liebenswert. Er mag Frauen, vor allem Deutsche. Er liebt ihre Ausstrahlung, ihre Sprache. Schon ihr Anblick macht ihn glücklich. Er treibt regelmäßig Sport. Ob sie ihn ins lokale Fußballteam aufnehmen? Er muss auf seinen Bauch aufpassen. Im Sommer 2003 waren da noch mehr Muskeln. Das Sixpack war bei ihm schon leichter auszumachen.

Ein letzter sanfter Druck auf Sophias übererregte Klitoris. Ein letztes langsames Reiben an Fabrizios prallem Penisschaft. Dann ist es so weit. Beide kommen. Zusammen.

Antonios Hochzeit

Mit ernster Miene teilte Paolo Lorenas gekräuselte Schamlippen. Sie waren tatsächlich gekräuselt, ihre inneren Labien, oder wirken zumindest so: Geheimnisvoll und vor allem unberührt, genau so, wie sich das für eine toskanische Braut gehörte.

Bagno Vignoni ist nicht gerade das, was man eine Weltmetropole nennen kann. Dafür gibt es sie hier noch, die großbusige, schwarz gekleidete Mamma mit den runden Hüften und der Gesichtslandschaft, die Liebe, Lebensfreude, harte Arbeit und moralische Ermahnung zugleich ausdrückt.

Lorena Fulvias Mutter war genauso eine. Sie führte einen winzigen Albergo, der im Sommer den Touristen, im Winter aber ausschließlich Italiens Politikern offenstand – Staatsmännern unterschiedlichster Couleur.

Lorena Fulvias Mamma konnte kochen. Liebevoll hängte sie des Nachts ihre handgearbeitete Pasta an lange Drähte, die quer durch ihre geräumige Cuccina verliefen, und es kam nicht selten vor, dass sie ihre Gäste mit *dodici piatti diversi,* mit zwölf verschiedenen Gängen, verwöhnte.

Oh ja, *sicuro.* Zelina gehörte zur Generation von Frauen, die noch sangen beim Bügeln und tanzten beim Kochen. Zelina lebte von innen heraus. Noch heute gelten Italienerinnen als beste Hausfrauen weltweit, *con un cuore grande come il mondo.* Aber spätestens seit den Siebziger Jahren hat selbst im Land von Maria Grazia, im *bel paese* von Benito Silvio Werauchimmer, in der Wahlheimat vom lieben Gott, die Emanzipation eingesetzt. Nichtsdestotrotz – die erotischste Unterwäsche, die zeitgenössische Designerkultur überhaupt hervorbringen kann, tragen heute italienische Frauen. Die Toskanerinnen, Sizilianerinnen, Florentinerinnen und Mailänderinnen verkörpern den globalen Männertraum.

Diese betörende Kombination von langen Beinen, schwarzem Haar, lauten Orgasmen und einer Sprache, die selbst das Gotthardmassiv erweichen könnte. Und es sind Frauen wie Zelina, die das Leben, *la vita,* wirklich von Grund auf verstehen.

Antonio war derart hässlich, dass er sich im Grunde bloß des Nachts auf die Straße gewagt hätte, aber das erlaubte sein Job nicht. Antonio war Taxifahrer, daher sahen ihn seine Kunden meist nur von hinten.

Das war deren Glück, denn Antonios krumme, pickelbewehrte Nase, seine triefenden Augen, seine Hängebacken und seine Haifischzähne hätten vielen Touristen durchaus Angst einjagen können. Zudem hatte Antonio einen Buckel, und er war ausgesprochen kurzatmig.

Sein größtes Lebensglück war Lorena Fulvia, die er bereits seit der Grundschule kannte und die er seither innig begehrte.

In zahllosen Masturbationsphantasien hatte er sie nackt auf einsame Felsen projiziert, hatte sich vorgestellt, wie der *Macellaio,* der Dorfmetzger, im Kühlraum seine Triebe an ihr ausließ, war ihm vorgeschwebt, seine Lorena Fulvia schmiege ihren runden Hintern, ihren *culo,* in den Ledersattel einer knallgrünen *Lambretta.* In seiner wilden Phantasie hatte er sie – während sie sich hinter einem hellen Vorhang auszog – den fünf Dorfvoyeuren ausgesetzt. Und jetzt durfte er sie heiraten.

Das ganze Dorf war eingeladen, und, *precipitevolissimevolmente,* blitzschnell also, waren fünf zusätzliche Bocciabahnen erstellt worden, damit auch der *Zio,* der *Nonno,* der *Fratello,* der *Macellaio,* der *Pompiere* und selbstverständlich auch der *Postino* ihre Freude haben würden.

Lorena Fulvias Hochzeitskleid musste ein Vermögen gekostet haben. In Milano geschneidert, in Taormina anprobiert, in Firenze auf offener Straße getestet und in Bagno Vignoni mit kleinen roten Rosen verziert, war das edle Stück ein Volltreffer. Das Kleid wollte verstanden sein. Mit seinen zahllosen Ösen, seinen Rüschen und seinem eingebauten Mieder war es schwierig anzuziehen. Lorena Fulvia hatte daher emsige Unterstützung durch ihre *amiche,* ihre Freundinnen, die sie bereits seit dem *giardino,* dem Kindergarten, kannte.

„Il tuo seno e troppo grande", „Dein Busen ist zu groß", oder *„questo colore non va"*, „Diese bunte Unterwäsche passt nicht", waren noch die mildesten Ansätze von Kritik, die Lorena Fulvia über sich ergehen lassen musste.

Dann endlich war es so weit. Die Dorfmusik blies einen Tusch, die Sonne trat hinter einer Wolke hervor und Kinderlachen aus der Ferne vertrieb die letzten Fetzen von Frühlingsnebel. Lorena Fulvia war bereit, bereit für Antonio, den Taxifahrer.

Klar, Lorena Fulvia war noch eine *Vergine.* Sie hatte sich, ähnlich wie Mutter Maria, aufgehoben für den Mann ihrer Träume, kapriziert auf diesen einen und ewig dauernden Hochzeitstag, ihre *piccola festa matrimoniale,* und auf ihre Hochzeitsnacht.

Böllerschüsse aus der Ferne deuteten darauf hin, dass da ein besonderer Tag anbrach in Bagno Vignoni, dass Antonio, *il automobilista,* Lorena Fulvia, *la principessa,* ehelichen würde.

Die Männer im Dorf waren so aufgeregt, als würden sie selbst Lorena Fulvia zur Frau nehmen. Jeder stellte sich die Hochzeitsnacht mit ihr auf seine Art vor. Jeder wusste – oder vermutete zumindest –, dass die toskanische Schönheit als *Vergine,* als Jungfrau, die Ehe eingehen würde.

In Gedanken gaben sie ihr besten Wein, *Brunello,* zu trinken, damit sie sich vor dem Akt entspannte. Mit klopfendem Herzen trugen sie sie über die Schwelle ins Hochzeitsgemach, das sich, wie könnte es anders sein, in Zelinas Albergo befand. Lorenas Mutter selbst entflammte die erotischen Phantasien der braven *uomini,* der Männer von Bagno Vignoni. Lüstern betrachteten sie ihren riesigen Hintern mit den Maßen eines Scheunentors, wenn sie im *giardino,* im Garten, Wäsche aufhängte. Und was für Wäsche das war! Die blütenweißen Unterhosen wirkten wie Zelte, die im sanften Wind hin und her schwangen. Ihre Büstenhalter hätte man als Kuhtränke benutzen können, wären sie denn wasserdicht gewesen. Daneben sahen die Klamotten ihres Gatten, seines Zeichens ein unscheinbarer Bauingenieur, wie kleine Kleckse aus.

„Ein Prachtweib", murmelten die Dorfmänner *unisono,* einstimmig, und sie schmunzelten bei der Überlegung, ob Giovannis Pimmel überhaupt lang genug war, um tief in die Vagina von Zelina einzudringen. Irgendwie musste es aber geschehen sein: Die hübsche *Figlia,* die Tochter Lorena Fulvia, war Beweis genug.

Alle hielten den Atem an, als Lorena Fulvia stolz aus dem *Albergo* ins Sonnenlicht trat. Ihr schwarzes glänzendes Haar war mit Hyazinthen geschmückt. Ein elegantes Perlencollier zierte ihr großzügiges Dekolleté. Die zahllosen Rüschen, Falten und Bordüren ihres schneeweißen Hochzeitskleides verbargen zwar so ziemlich alles von ihrer Figur, was zu verbergen war, die Phantasien in den Köpfen der Hochzeitsgäste liefen aber heiß.

Was sie wohl darunter trug? Ob sie unter den Achseln rasiert war? Ob die Schminke hielt, wenn Antonio, gierig wie ein wildes Tier, in der folgenden Nacht über sie herfallen würde? Ob der herrliche *Brunello,* den sie im Lauf des Abends trinken würde, ihre Brustwarzen prall und fest werden ließ, wie man es diesem Wein nachsagte?

Im Hintergrund dampfte die geheimnisvolle Thermalquelle aus römischer Zeit. Selbst der Bach, der durch Bagno Vignoni floss, führte warmes Wasser. Dies war nicht nur ein Quell der Lebensfreude für die Einwohner des Dorfes, sondern auch für die der näheren Umgebung.

Die Leute klatschten und waren so begeistert, dass manches Apéroglas zu Boden fiel und zerschellte. Man ließ sich die *Crostini* auf der Zunge zergehen, die Kinder tranken glückstrahlend *Chinotto* und *Arancie Amare,* Getränke, die normalerweise den Erwachsenen vorbehalten waren. Sie streuten Blumen vor Lorena Fulvia, die sie in ihrem Glanz erstrahlen ließen.

Dann hielten alle den Atem an, es wurde still. Selbst die Böllerschüsse und das Kirchengeläut verstummten.

Antonio trat in Erscheinung. Die halbhohen Stiefel auf Hochglanz gewichst, den Hochzeitsanzug mit Fischgrätmuster, das senfgelbe Hemd mit edler Halskrause, der kleine Zylinder, der ihm etwas Majestätisches verlieh.

Vergessen waren Buckel, Haifischzähne und triefende Augen. Hier schritt ein Mann auf seine Braut zu, der das Herz am rechten Fleck hatte und mit ihr mindestens *dodici bambini,* zwölf Kinder, zeugen würde. Stolz schritten die beiden Hand in Hand durchs Blumenmeer, das sie der Dorfjugend zu verdanken hatten, und selbst die kleine *chiesa,* die Kirche, erzitterte vor Rührung ob dem ungleichen Paar.

Schweigend und etwas abseits stand der Fotograf, *il fotografo.* Er war ein *straniero,* ein Auswärtiger, den niemand im Dorf so recht kannte – außer Antonio, der ihn in seinem Taxi zeitweilig an Orte des Geschehens manövriert hatte.

Der Fotograf war Künstler und suchte hier Inspiration. Antonios Phantasie hingegen galt seiner Braut. Aber auch er liebte Bilder. Klar. Er stammte ja aus dem Land von Michelangelo und Leonardo da Vinci. Und er wollte seine Braut in Szene setzen, sich selbst beweisen, dass er wirklich derjenige war, der sie an den Traualtar führte. So kam es zum Auftrag an den Fotografen, Lorena Fulvia vierundzwanzig Stunden lang zu fotografieren, ihren Hochzeitstag zu dokumentieren, und zwar von Anfang an. Das stellte sich als gar nicht so einfach heraus, denn ein derart intimes Projekt hätte doch bestimmt den Protest der braven, aber resoluten Zelina, Lorena Fulvias Mutter, geweckt.

Paolo, der Fotograf, musste sich mit einem Vorwand frühmorgens den Weg in Lorena Fulvias Gemächer bahnen. Dies gelang ihm auch, denn er war kein Mann von Interesse. Seine Wege verfolgte man nicht. Es genügte Zelina und den Ihrigen vollauf, als er leichthin erklärte, er müsse auf dem Dachboden des *Albergo* Material archivieren. In Wirklichkeit öffnete er vorsichtig die Tür zu Lorena Fulvias Schlafraum.

Sie war gerade dabei, sich anzuziehen. Sie kannte Antonios Wunsch, zierte sich dann aber eine ganze Weile vor Paolos Linse. Dieser redete nicht viel und beschäftigte sich laufend mit den Einstellungen seiner Kamera.

Lorena Fulvia beim Anziehen ihrer schwarzen Unterwäsche – er wusste somit genau, wo sie rasiert war und wo nicht –, Lorena Fulvia beim Aussuchen der Strümpfe, Lorena Fulvia beim Gesichtwaschen, beim Zähneputzen, beim Kämmen und beim Pinkeln. Paolos Herz raste. Was für eine Frau das doch war! Und ER war derjenige, der wirklich verbotene Bilder von ihr machte. War er *dio,* der liebe Gott?

Lorena Fulvia legte allmählich ihre Scham ab und forderte Paolo heraus.

„Magst du meine linke Brust fotografieren? Hm? Wir tun es ja für meinen Antonio ...“, seufzte sie und zog das Körbchen herunter. Was Paolo, mit trockener Kehle versteht sich, zu sehen bekam, war aber kein gewöhnlicher Busen, wie er das von seinen Modellen gewohnt war.

Lorena Fulvias *Seno* war eine Landschaft. Eine Landschaft mit milchig-weißer Oberfläche, ein paar zarten kleinen Venen, einem spitzen Verlauf und einem Gipfelchen aus schokobrauner Haut, das sich in diesem Moment wie in Zeitlupe zusammenzog und höchste Erregung signalisierte. Lorena Fulvia machte es Spaß, sich zu zeigen.

„Wir haben nicht mehr viel Zeit, denn gleich wird meine Mutter kommen und mir beim Anziehen des Hochzeitskleides helfen“, sagte sie aufgeregt. „Mach schnell, mach ein paar Bilder von meinem Bauch, so lange der noch flach ist, fotografier mein Höschen und vergiss meinen *Culo,* meinen Hintern, nicht.“ Die Aufforderung war eindeutig. Paolo machte die Bilder seines Lebens und bannte jedes intime Detail von Lorena Fulvia auf seinen Film. Mit neckischem Lächeln zog sie ihr schwarzes Höschen zur Seite und offerierte der Linse ihre jungfräuliche Muschi, den aktuellen Brennpunkt von Bagno Vignoni. Etwas so Zartes und gleichsam Geiles hatte Paolo mit seinen 45 Jahren noch nie gesehen.

„Che bello ..." stammelte er immer wieder. „Che bello..." Ein einziges Mal spreizte Lorena Fulvia für einen kurzen Augenblick die Beine, und Paolo fotografierte ihre anatomische Besonderheit, ihre eingangs erwähnten gekräuselten inneren Schamlippen. Sie waren etwas dunkler als die restliche Haut und ganz am oberen Ende, wo sie zusammentreffen, thronte eine kleine freche Klitoris, die Paolo zuzuhauchen schien: „Streichle mich." Wie geheimnisvoll Lorena Fulvias Fötzchen wirkte! Paolo aber berührte seine Modelle nie, darauf gründete wohl auch sein Erfolg. Nach ein paar Nahaufnahmen von Lorena Fulvias Mund, ihren Augen und ihren Händen hielt der Künstler noch das Hochzeitskleid fest, das sich Lorena Fulvia vor ihren nackten Körper hielt, dann verabschiedete er sich und begab sich in die toskanische Sonne. Jetzt mussten in der *Bar per Piacere* ein Espresso her und zwei Brioche. Paolo konnte es kaum erwarten, die soeben gemachten Bilder in seiner Badewanne zu entwickeln. Eine eigentliche Dunkelkammer besaß er nicht.

Als Antonio mit seiner Schönen an den Traualtar schritt, zwinkerte er mit dem Selbstbewusstsein eines Auftraggebers dem Fotografen zu und sein Blick enthielt tausend Fragen.

Bald darauf waren Antonio und Lorena Fulvia ein Paar. Es wurde bis in die Nacht gefeiert. Hunderte von bunten Luftballons stiegen in den toskanischen Himmel, der Pfarrer sprach selbst nach der Trauungszeremonie immer wieder seinen Segen über das Paar und der *Brunello* floss in Strömen. Das Thermalbad dampfte im Hintergrund.

Es geht die Sage, dass sich einmal jährlich um Mitternacht die Seelen der Alkoholleichen, die am Grunde des Bades weilen, weil sie einst unglücklich gestolpert und ertrunken sind, zu einem Stelldichein im Badehäuschen treffen.

Violinen ertönten und Lauten, und der *Macellaio* setzte lauthals zu herzerwärmenden Liedern an. *Sotto il balcone, Il tempo se ne va* und *La barca* sang er mit wohlklingendem Bariton, und das ganze Dorf setzte mit ein. Diskret machte Paolo, der Fotograf, seine Bilder, freche Schnappschüsse, die in ihrer erotischen Aussage den am frühen Morgen geknipsten Intimfotos in nichts nachstanden. Lorena Fulvia, wie sie lachend den Kopf zurückwirft. Lorena Fulvia während eines innigen Kusses mit ihrem Bräutigam. Lorena Fulvia beim Tanzen. Lorena Fulvias Füße. Ah ..., Lorena Fulvias Dekolleté und diese wunderbare Perlenkette aus den Tiefen der Adria, als sie noch ökologisch intakt war.

Sterne übersäten den Himmel, nochmals hob kräftiges Glockengeläut an, von all den *Antipasti,* den *Pizze,* der handgemachten *Pasta,* dem *Saltimbocca* mit den frischen Salbeiblättern, von den *Gelati,* der *Cassata* mit arabischer Pistaziencreme und den spanischen kandierten Früchten sowie dem *Brunello* war kaum mehr etwas übrig.

Sachte und unauffällig, aber von allen beachtet, zogen Lorena Fulvia und Antonio sich in Zelinas Albergo zurück. Hinter ihrem Rücken vernahmen sie das Getuschel der Angeheiterten und Betrunkenen, die sich, das ist leider nicht ganz auszuschließen, am nächsten Tag auf dem Grund des Thermalbads wiederfinden könnten.

„Wird er es ihr von hinten, *a tergo,* besorgen?", „Schweig!", „Lorena Fulvia wird in dieser Nacht zur Frau!", „War sie doch schon vorher, Blödmann!", „Was sie wohl für Unterwäsche trägt?", „Geht dich doch nichts an; du solltest dich besser für meine Unterwäsche interessieren."

So gingen die Gespräche zwischen Freunden, Ehepaaren und einsamen Träumern hin und her, während Lorena Fulvia und Antonio feierlich das Schlafgemach betraten. Da tippte jemand Antonio freundschaftlich auf die Schulter.

„Du musst sie jetzt über die Schwelle tragen." Paolos Regieanweisungen irritierten Antonio einen Moment lang, aber Lorena Fulvias glockenhelles Lachen entspannte die Situation wieder.

„Er hat recht! Tu, was er sagt", flötete sie und warf sich Antonio um den Hals. Dieser zögerte nicht lange und griff seiner Braut unter die Kniekehlen und um die Schultern. „Bin ich zu schwer, bist du zu schwach", frotzelte sie und ließ sich aufs Bett fallen. „Überall Blumen, schau!", sagte sie gerührt und strahlte Antonio an. Paolo fühlte sich einen Moment lang als Außenseiter, aber dann übernahm er seine Rolle.

Er fotografierte die Blumen, murmelte ein pflichtbewusstes „Lasst euch durch mich nicht stören" und zoomte das große Bett heran. Auch den geblümten Nachttopf, der darunterstand, ließ er nicht aus. Die Momente der Verlegenheit häuften sich. Antonio begann, an Lorena Fulvias Kleid zu nesteln. „Zu kompliziert für dich", lachte Lorena Fulvia und bezog Paolo, den Fotografen, mit ein. „Kannst du uns helfen?" Dieser löste die Ösen mit viel Fingerspitzengefühl und legte Lorena Fulvia einen Finger an die Lippen.

„Pssst, sei nicht zu laut, deine Mutter könnte dich hören", ermahnte er sie scherzhaft. Das Oberteil von Lorena Fulvias Kleid fiel von ihr ab, eine der Raffinessen mailändischer Kleider-Designer-Kultur. Sie saß im schwarzen BH vor den beiden Männern. Paolo fotografierte.

„Paolo ..., ich kann das einfach nicht", ließ Antonio sich vernehmen. „Mir fehlt ... irgendwie das Selbstvertrauen." Lorena Fulvia weitete die Augen.

„Denk dir doch einfach nichts dabei" flötete sie, „nimm mich wie eine frische Frucht, wie eine Adriawelle oder wie den Zuckerguss einer Cassata." Paolo lief das Wasser im Mund zusammen. „Komm, küss mich." Antonio und Lorena Fulvia versanken in einem innigen Zungenkuss und Antonios Hand fuhr unbeholfen zwischen die Beine der Braut.

„Kannst du uns nochmals helfen, Paolo?", fragte Lorena Fulvia mit gespielter Scheu und nutzte gekonnt einen Augenaufschlag. Paolo kniete sich auf den Bettvorleger und half Lorena Fulvia aus den Schuhen. „Die Strümpfe könnt ihr mir anlassen, man kann sie im Schritt aufknöpfen, mein Höschen ebenso", lockte Lorena Fulvia die beiden Männer, die sich entgeistert ansahen. Wer sollte jetzt welche Rolle übernehmen?

Lorena griff nach der Karaffe auf dem Beistelltisch. Sie schenkte sich ein weiteres Glas *Brunello* ein. Dann öffnete sie ihren BH. Dabei zeigte sie den beiden Männern ihre perfekt rasierten Achseln. Antonio fielen fast die Augen aus dem Kopf, als er Lorena Fulvias volle Brüste sah. Paolo erging es nicht anders, obwohl ihm dieser Anblick ja früher am Tag schon einmal vergönnt gewesen war. Dann ergab eine Handlung die andere. Antonio nahm Lorena Fulvias linke Brustwarze in den Mund und begann wie ein kleines Kind zu lutschen.

„Ich glaube, er kann es wirklich nicht", flüsterte Lorena Fulvia Paolo zu. „Bring du es zu Ende."

Die Macht dieser Worte war ungeheuerlich. Paolos Hände zitterten vor Begierde. Langsam schob er Lorena Fulvias Hochzeitskleid hoch. Er nestelte an den beiden winzigen Knöpfen im Schritt und musste dazu seinen Freund Antonio leicht zur Seite schubsen. Aus der Ferne erklang ein Song von Angelo Branduardi. *Cogli la prima mela.* Paolo ließ seine Hand zwischen Lorena Fulvias Schenkeln ruhen, so, als warte er noch ein letztes Mal auf die Erlaubnis des Bräutigams. Lorena Fulvia nickte ihm zu. Ihr Dekolleté war mit roten Flecken übersät. Antonio konnte sich von ihrer Brust kaum mehr lösen.

„Tu es für mich, amico, per piacere!" Der Bräutigam zitterte am ganzen Körper, während Paolo, der Fotograf, die Fassung wiedererlangt hatte. Er öffnete die Knöpfe an Lorenas Strümpfen und an ihrem Slip. Wie feucht die Braut zwischen den Beinen war, wie angenehm feucht! Die Entjungferung würde ein leichtes Spiel werden. *Cogli la prima mela.* Jetzt ergriff Paolo die Initiative.

„Schau mir gut zu, Antonio, und genieße", sagte er mit klopfendem Herzen und bat Lorena Fulvia, sich hinzulegen. „Ich schiebe jetzt ihr Kleid noch etwas hoch, damit wir beide alles gut sehen können. Siehst du, wie zärtlich ich ihre Oberschenkel streichle? Frauen mögen das. Eine wundervolle Braut hast du dir ausgesucht, ich muss schon sagen. So. Und jetzt betrachten wir Lorena Fulvias Muschi."

Lorena Fulvia drehte den Kopf zur Seite und schloss die Augen. Die beiden Männer hatten eine toskanische Landschaft vor sich – mit Wellen und Tälern, mit einem kleinen Hügelchen gar.

„Begehrst du sie?", fragte Paolo.

„Ich begehre sie", bestätigte Antonio.

„Gut. Dann lass mich mal machen."

Mit ernster Miene teilte Paolo Lorenas gekräuselte Schamlippen. Sie waren tatsächlich gekräuselt, ihre inneren Labien, oder wirken zumindest so: Geheimnisvoll und vor allem unberührt, genau so, wie sich das für eine toskanische Braut gehörte.

Er befreite seinen riesigen, schweren Penis aus seiner Cordhose und fuhr ein paar Mal darüber.

„Siehst du ihn, Antonio? Damit werde ich jetzt gleich deiner Braut die Jungfräulichkeit nehmen, wenn du einverstanden bist. Sie hat sich für diese Nacht aufgehoben, diese wunderbare toskanische Hochzeitsnacht."

Antonio tat es seinem Freund gleich und spielte an seinem Glied herum. Es war steif wie eine Gerte, aber ungleich kleiner als das von Paolo und trotz Erregung etwas schrumpelig. Dafür erstrahlte Paolos Schönheit. Er wollte den Augenblick hinauszögern, so lange als möglich.

Er spielte an Lorena Fulvias Muschi herum, reizte gekonnt ihre Klitoris. Die Brustwarzen der Braut waren steif wie *baci,* eine Schokospezialität aus Siena, dem Herzen der Welt. Lorena Fulvia begann ihre Brüste zu kneten.

„Gehört sich das für eine Braut?", stammelt Antonio.

„Schweig und genieß", erwiderte sein Freund und kniete sich zwischen Lorena Fulvias Schenkel.

Geheimnisvoll und unberührt ... Paolo entging aber das feuchte Glitzern nicht, das sich zwischen Lorena Fulvias Schamlippen bemerkbar machte, und er wusste: Sie war bereit für ihn.

Die Kate

Meine Güte, wie ich diese Chrissie beneide, meine Güte!

Seit vielen Jahren bin ich in diesem Loch als Magd angestellt. Nichts als waschen, bügeln, Pferde striegeln. Das Striegeln mache ich noch am liebsten. Ja, sie haben schon oft versucht, mich zu begrapschen, Jonathan der Knecht und Junker Elfried – ohne Erfolg allerdings. Ich bin ihnen zu schnell. Gott sei Dank funktioniert mein Türschloss ausgezeichnet. Dahinter fühle ich mich sicher. Am sichersten bin ich in meinem Bett. Es befindet sich auf dem Dachstock über der alten Kate, in der die Geldeintreiberfamilie lebt. Wenn ich doch bloß des Schreibens mächtig wäre! Sätze aneinanderreihen, das kann ich. Aber Schreiben ist doch ganz was anderes! Wie gerne würde ich mein Leben nach außen tragen, den Leuten zeigen, wie es einer Magd wie mir ergehen kann.

Chrissie arbeitet seit einer Woche in der Küche. Blond ist sie, das kleine Ding, blond, schlank und sehr gewitzt. Der Hausherr scheint bereits ein Auge auf sie geworfen zu haben, aber das lasse ich nicht zu, auf keinen Fall! Schließlich hat er sein Weib Trine und die soll ihm ruhig noch ein paar Kinder gebären.

Wie gern ich doch wenigstens Chrissies blaues Kleid hätte. Ich bin wohl zu fett, um es zu tragen – meine Hüften sind zu breit. Trotzdem – wie gern würde ich doch wenigstens mal dran riechen. Ob sie ein richtiges Parfum besitzt?

Jetzt muss ich noch die Schweine füttern. Es ist schwül in diesem Koben, oh, wie ich Schweine hasse. Gleichzeitig liebe ich diese Grunzviecher. Die listigen Augen. Die Schnüffelrüffelnase. Unter meinen Armen sind Schweißflecken. Das gestärkte Leinengewand klebt überall. Meinen Brüsten ist es viel zu eng hier drin – wie es wohl wäre, wenn ich die Luft anhalte und mich einfach mal nackt im Schweinemist wälze? Augen würde sie machen, die kleine, süße Chrissie – die hat doch keine Ahnung vom prallen Leben! Ich habe schon mit Gutsherren gevögelt, bin auf einem Gaul über drei Felder geritten, habe Goldstücke in den Händen gehabt. Chrissie weiß von alledem nichts, vom Portwein auch nicht! Soll sie doch bis an ihr Lebensende Kartoffeln schälen, das junge Ding! Bloß den Hausherrn soll sie mir in Ruhe lassen. Ha! Eines Tages werde ich ihn höchstpersönlich der Trine wegnehmen. Auch von zweien gleichzeitig hab ich es mir schon besorgen lassen, damals – am Sternenbacher Gutshof. Heißa, den beiden Knechten ging damals fast die Luft aus. Zwischen fünf Bierfässern waren wir eingezwängt, draußen tobte das große Sommerfest und wir konnten es kaum erwarten, uns die leinenen Trachten vom Leib zu fetzen.

Ich habe schon alles gesehen. Jonathan, der Knecht, und Junker Elfried haben niemals meine Erfahrung, niemals! Sollen sie doch auf ihren Schafen, Ziegen, Kühen und Schweinen hocken bleiben! Ich angle mir den Hausherrn, das ist so gut wie sicher. Nein, schön ist der Mann nicht. Er hat eine viel zu große Nase, fast wie einer dieser Nasenaffen auf Borneo, von denen ich neulich eine Zeichnung gesehen habe. Aber: Wie die Nase des Mannes, so sein Johannes, heißt es doch, oder? Hansviktor, der Hausherr, kann mit Geld umgehen – ganz anders als die restlichen Säufer. Entweder die saufen hier oder schleppen sich nachts mit ihrem Tripper in ihre jämmerlichen Dachbuden. Ich bin eine stolze Frau. Ganz anders als Chrissie, die kleine Schlampe. Die sieht aus, als wäre jeder Windhauch eine Zumutung für sie. Am dritten Tag ihrer Anstellung habe ich mich über Mittag in ihr Zimmer geschlichen. Ich konnte sicher sein, nicht ertappt zu werden, da um diese Zeit in der Küche die Hölle los ist. Zwei blaue Söckchen habe ich ihr gestohlen. Unsereins kennt so etwas nicht. Blaue Söckchen. Dazu ein zartrosa Fetzchen, das sie wohl Unterhose nennt, und einen Büstenhalter mit eingenähten Bügeln. Titten hat die Kleine kaum, aber groß angeben mit edler Unterwäsche. So tun, als ob! So sind sie, die jungen Dinger! Ach, ich sehne mich nach meinen Schweinen. Manchmal hasse ich sie ja, weil sie mir so ähnlich sind. Sie sind aber wenigstens ehrlich.

Von Goethe kenne ich nur den einen Satz: Mir ist so kannibalisch wohl als wie fünftausend Säuen! Grunzen, Ficken, Fressen. Dann der große Schlachttag. Blutwurst ist hier eine Delikatesse. Runtergespült mit Portwein oder selbst gezapftem Bier. Mir läuft das Wasser im Mund zusammen. Klar tät es mir gut, es mal wieder mit einem Mann zu treiben. Ich habe es satt, mir mit Runkelrüben, Gurken und sonstigem Gewächs aus Trines Gemüsegarten zu helfen. Jonathan, der Knecht, und Junker Elfried sind mir aber zu schmalbrüstig – ich vermute, Jonathan leidet an Syphilis, Junker Elfried an Tuberkulose. Mein Hintern wäre denen sowieso zu breit. Ich brauch was Deftiges, Unermüdliches, Kräftiges. Der Hausherr hat einen langen Oberkörper, genau so, wie ich das mag. Ob seine Brust behaart ist? Den Schnauzer könnte er meinetwegen wegrasieren, so etwas stört beim Küssen. Ob er den Bauchnabel sauber hält? Wenn ich etwas hasse, dann sind es Männerbauchnäbel, in denen Stroh hängt, oder Fusseln oder Maden. Von den Füßen, die bei unseren Männern zu sehen sind, will ich gar nicht erst reden, sonst wird euch schlecht, wenn ihr das hier eines Tages findet und lest. Wie viele Jahrhunderte müssen noch vergehen, bis Männerzehennägel endlich gerade geschnitten sind? Die Hornhaut regelmäßig abgefeilt wird? Die Zehenzwischenräume sorgfältig ausgepopelt, so dass Frau bedenkenlos an den Zehen lutschen kann? Wann endlich gibt es kleine Nasenhaarscheren? Ohrenhaarentferner?

Ich bin nicht nur eine stolze Frau, sondern auch ein gepflegtes Weib. Meine schweren Brüste, die im Moment fast aus dem Gewand platzen, creme ich regelmäßig ein mit parfümiertem Schweinefett. Etwas anderes haben wir hier nicht. Wenn mich einer liebt, kriegt er nur das Beste. Ich habe gute, feste Schamlippen. Wenn man sie zusammenpresst, sehen sie aus wie eine frisch gebackene Semmel aus Ludolfs Bayerischer Bäckerei, hat mich mal einer meiner Liebhaber hofiert.

Bei Chrissie sieht man bestimmt die Rippen, wenn sie sich am Morgen streckt. Ihr kleiner Hintern würde den Männern hier sowieso nicht standhalten. Hoffentlich lässt der Hausherr sie in Ruhe. Er käme bei ihr nicht auf seine Rechnung. Ich hingegen habe einen Arsch wie ein Scheunentor: großzügig und einladend. So was müsste er eigentlich mögen. Erst würde ich ihm Leberknödel servieren, in Portwein gelagert, am weiß gedeckten Tisch. Eine dicke Kerze würde uns Licht spenden. Während des Essens würde ich meine Bluse aufknöpfen, bis meine Brüste heraussprängen. Gottsakrament, seinen Unterkiefer möchte ich sehen! Im späteren Verlauf des Abends würde ich den Johannes vom Hansviktor mit Schweinefett einreiben, die zarten Hoden massieren. Irgendwann, noch später, würde er dann meine Schamlippen zusammenpressen, bis sie aussähen wie eine frisch gebackene Semmel aus Ludolfs Bayerischer Bäckerei. Wir würden viel lachen – zwischen großen Portweinschlucken und der verglühenden Kerze. Dann, am warmen Kaminfeuer, ja, am warmen Kaminfeuer täte der Hansviktor mich vögeln. Sein Weib Trine und Chrissie, das junge Küchending, würden fernab rücken und er hätte nur Augen für meinen Arsch, für meine wilde Frisur, und seine Riesennase wäre da um mein Schweinefettparfum einzuatmen. Heirassa, und das Gebälk täte knarren im Dachstock über der alten Kate, so heftig wie am jüngsten Tag. Ich muss gehen, die Kälber schreien. Wenn ich doch bloß des Schreibens mächtig wäre! Wie gerne würde ich mein Leben gegen außen tragen, den Leuten zeigen, wie es einer einfachen Magd wie mir ergehen kann.

Aber vielleicht findet ja eines Tages jemand diese Zeilen.

House of Dreams

Laura arbeitete sich in gebückter Haltung die breite Marmortreppe hoch, in deren Mitte ein roter Läufer einen angenehmen Akzent setzte.

Sie betrachtete den Hintern der Frau vor sich durch den Sucher der Digitalkamera und beobachtete dabei auch sich selbst: Schweißperlen liefen ihr von der Stirn; den Fotoapparat hielt sie krampfhaft umfasst. Ihr war unwohl bei der Knipserei. May, die da splitternackt die Treppe hochrobbte, stammte aus Rarotonga. Laura fokussierte genau zwischen ihre kräftigen Pobacken und wusste, dass es genau das war, wonach es Männer gelüstete: einer solchen Spalte, die in ihrer zarten Jugend so unschuldig wirkt wie ein Schneeglöckchen, das sich der Frühlingssonne entgegenstreckt.

Laura war Architekturstudentin und interessierte sich im Grunde wesentlich mehr für die großzügige Halle, in der sie sich befand. Die Gipsstukkaturen, der Lichteinfall und der kühne Schwung der Treppe ließen ihr Herz höher schlagen. Woher nahm die gehobene Gesellschaft früherer Jahrhunderte bloß das Geld, die Zeit und vor allem das visionäre Talent zu derartigen Bauten? Und was tat sie selbst in ihrem vierten Semester?

Sie filmte nackte Frauen für Internetkurzfilme und das Geschlecht der Rarotonganerin vor ihr hatte sie mehr zu interessieren als das gusseiserne Treppengeländer mit dem goldenen Knauf.

Laura zoomte Mays Muschi heran. Auf ihrem Display war jetzt nur noch die rasierte Pflaume zu sehen, die sich rhythmisch die Treppe hochbewegte. Laura störte sich nicht an Mays Nacktheit. Sie würde aber nie verstehen, wieso Männer bloß auf diese eine Einstellung scharf waren. May hatte nämlich weit mehr zu bieten als ihre prallen Schamlippen und ein verführerisches Poloch: wundervolle Augen, zum Beispiel in der Form einer Hibiskusblüte, glänzendes schwarzes Haar oder perfekt gerundete Hüften. Aber die Männer vor ihren PC-Monitoren und Laptops waren vermutlich unter Zeitdruck. In den zum Download angebotenen Kurzfilmen musste es direkt zur Sache gehen, weil jederzeit die Ehefrau, die Tochter, die Enkelin das Büro betreten konnte. Darum waren diese Typen so mösenfixiert.

May war mit einem Deutschen verheiratet und lebte seit Jahren in Auckland. Sie hatten sich in einem Südseeresort kennen gelernt: Jeb im geblümten Hemd und mit einer aus der Mode gekommenen Sonnenbrille, May im traditionellen purpurroten Kleid. Ihr Haar hatte sie mit drei weißen Hibiskusblüten geschmückt. Sie war sich ihrer Wirkung auf Männer durchaus bewusst. Jeb, der bereits seit Jahren in Rarotonga wohnte und als PC-Doktor ein kleines Geschäft betrieb, hatte ihr Herz mit seiner Unbeschwertheit erobert. Die Jahre waren ins Land gezogen, immer größere Touristenströme hatten nicht nur Rarotonga, sondern die gesamten Cook Islands heimgesucht, und eines Tages waren die beiden nach Auckland gezogen. Jeb konnte sein Geld weiterhin mit Computern verdienen. May indes wurde von Monat zu Monat unglücklicher.

Sie vermisste die Kokospalmen, die Korallen und den ewigen Himmel ihrer kleinen Heimatinsel. Zudem hatte Jeb mit dem Saufen angefangen, und eines Abends hatte sie ihn mit einer Nachbarin im Bett erwischt. May hatte sich – wohl mehr aus Langeweile denn aus Interesse – mit dem Internet auseinandergesetzt und stellte jetzt sogar Blogs ins Netz. Hier konnte sie einer anonymen Gemeinde ihr Leid klagen. Es kamen auch Ratschläge aus allen Winkeln des Planeten.

Der abwegigste Tipp kam aus Auckland selbst. May sollte ihren Partner unter einem Vorwand in das House of Dreams locken, eine großzügige Villa am Rande von Auckland City. Dort würden zwei kampfgeschulte Frauen seiner habhaft werden, ihm die Hände auf dem Rücken festbinden, ihn eine Treppe hochzerren und ihn in einem eigens dafür vorgesehenen Raum an einen Stuhl binden.

Wehrlos würde er dann zusehen müssen, wie zwei Männer sich mit seiner Gattin vergnügten. Entweder würde die Situation ihn geil machen oder ihm das Herz zerreißen. In beiden Fällen würde er sich nach dieser Therapie wieder intensiver um seine Frau bemühen, und sie würde in der Beziehung künftig die Oberhand gewinnen. Das Haus hatte lange leer gestanden und war schließlich von einem vermögenden Rarotonganer übernommen worden. Der Park, der zur Villa gehörte, war längst verwildert und die Gebäudefassade sanierungsbedürftig. Nur selten sah man jemanden das Haus betreten oder verlassen, was den Gedanken nahelegte, dass es zu anderen als zu Wohnzwecken diente. May, die mehrmals an der Villa vorbeispaziert war, fühlte sich magisch angezogen, umso mehr, weil im Park zahllose Kokospalmen standen, die sie stark an ihre geliebte Heimat erinnerten.

Der Donnerstag rückte heran und May tat bereits in der Nacht von Dienstag auf Mittwoch kein Auge zu. Jeb schnarchte neben ihr, und der Mond spielte mit dem fahlen Licht in ihrem Schlafzimmer. Er zeichnete bizarre Muster an die Decke, die von der Jalousie herrührten. Ob Mays Plan aufgehen würde? Sie liebte Jeb und wollte ihn zurückerobern. Dafür würde sie alles tun. Ja, auch das.

Am Donnerstagnachmittag hatte sich Jeb freigenommen – er bastelte an einem Bücherregal in seiner Werkstatt. Gedankenversunken rieb er mit seinen Händen über die Politur, als leise die Tür aufging und May vor ihm stand.

Goddess in the Doorway, hätte Mick Jagger zu ihrem Anblick gesagt. Sie hatte die paar Stunden genutzt, um sich beim Friseur um die Ecke einen feschen Haarschnitt verpassen zu lassen. Ihr schulterlanges Haar war jetzt gestuft und brachte ihr volles, ovales Gesicht prima zur Geltung. Ein paar Haarsträhnen hatte sie aufhellen lassen. Danach hatte sie sich zu Hause ausgiebig zurechtgemacht. May schminkte sich nur selten; ihr Teint machte alles Nachhelfen überflüssig. An den Oberlidern nutzte sie diesmal grasgrünen Eyeliner und an den unteren inneren und äußeren Lidrändern schwarzen Kajal. Etwas Mascara war dann das Tüpfelchen auf dem i. Sie trug das traditionelle Kleid, in dem sie und Jeb sich in Rarotonga kennen gelernt hatten. Große, bunte Ohrringe unterstrichen ihre Schönheit. Sie trug offene Sandaletten, die ihre sorgfältig pedikürten Füße zeigten. May wog lächelnd die Hüften.

„Barbecue heute Abend im House of Dreams", sagte sie leichthin, „gehst du mit?"

„Donnerwetter", entfuhr es Jebs trockener Kehle, „Donnerwetter!"

Er ging auf seine Frau zu und wollte sie in die Arme schließen. Auch wenn es ihr schwerfiel: Sie wich ihm aus, ihrem geliebten, gut aussehenden Jeb, diesem verdammten Arschloch.

Um 19.30 Uhr machten sie sich Hand in Hand auf den Weg zum House of Dreams, das Jeb nicht mal vom Hörensagen kannte. Seine May aber auch! Das Luder war schon nicht zu unterschätzen, wenn es darum ging, einen gemütlichen und erlebnisreichen Sommerabend zu verbringen.

Andächtig schritten die beiden durch den großzügig angelegten Park, und May klingelte an der schweren Eichentür. Ihr Herz wäre ihr beinahe aus dem Hals gesprungen, so aufgeregt war sie.

Eine hochgewachsene blonde Frau öffnete. Es vergingen bloß Sekunden, in denen Jeb von zwei Kämpferinnen, die hinter der Gastgeberin hervorschossen, gefesselt und mit einem blauen Tuch geknebelt wurde. Sein Blick zeigte Überraschung, aber auch Angst. Er fixierte seine Frau, bis er mit den beiden Geiselnehmerinnen im diesigen Licht des Treppenhauses verschwand. May schluchzte leise, wurde aber von der Blonden getröstet und Laura vorgestellt.

„Komm, schon gut Süße, bald wird dein Alter rattenscharf auf dich sein, wir werden das schon richten", lächelte sie. Eine Viertelstunde später robbte May splitternackt vor Lauras Kamera die Treppe hoch. Klar, sie schämte sich, aber ihr Blut war in Wallung.

Bevor christliche Missionare mit ihrer Religion Rarotonga entzaubert hatten, war die Insel in einen geheimnisvollen bläulichen Nebel gehüllt gewesen. Goldenes Wasser war aus den Quellen gesprudelt, weiße Hirsche hatten am Berghang geäst und Rarotongas Frauen hatten sich freien Willens die Männer ausgesucht, mit denen sie Sex haben wollten. Genussvoll hatten Mays Ahninnen sich unter Kokospalmen den kräftigen Penissen hingegeben, hatten lustig mit dem Hintern gewackelt und ihre vollen Brüste baumeln lassen. Das Besondere an Rarotongas Frauen sind – nebst den Hibiskusblütenaugen – ihre vollen Schamlippen. Vulvaforscher wollen herausgefunden haben, dass die Venuslippen der Rarotonganerinnen einzigartig sind und einheimische Dichter immer wieder zu poetischen Höheflügen inspiriert haben.

Endlich oben angelangt, hielt sich Laura seufzend das Kreuz und richtete sich auf. May tat es ihr gleich und blickte an sich herunter. Laura lächelte ihr aufmunternd zu und begleitete sie durch einen langen Korridor. Eine Tür war bloß angelehnt; May wusste, was sie dahinter erwartete.

Zögernd betrat sie den Raum und wurde mit einem warmen Händedruck empfangen. Nino, ein nackter Mann mit schulterlangem, sorgfältig frisiertem Haar begrüßte sie und führte sie zu einem großen, runden Bett.

Der Raum hatte dunkelgelbe Tapeten und war dezent mit indirektem Licht beleuchtet. Nino machte keine Umschweife und bedeutete May, seinen Penis zu streicheln. Aus dem Augenwinkel heraus sah sie ihren Mann, Jeb, der an seinen Fesseln zerrte. Die Kämpferinnen aber hatten gute Arbeit geleistet. May presste die Lippen zusammen. Sie war fest entschlossen, das Spiel zu Ende zu spielen.

Sie massierte Ninos Hoden und fuhr mit der Zunge seinen Penisschaft entlang. Sie schob sich das schwere Glied in den Mund und reizte Ninos Eichel, indem sie sie mit der Zunge an ihren Gaumen drückte. Dann begann sie sanft zu saugen. Das „mmmph“ und „nnng“ ihres Ehepartners, der verzweifelt ins Knebeltuch biss, überhörte sie geflissentlich. Dann wurde ein Scheinwerfer angemacht; ein zweiter Mann, Ricardo, näherte sich May.

Er berührte sie an der Schulter und reichte seinem Kollegen die Hand zum Gruß. Er massierte Mays Kreuz mit einem duftenden Öl und stellte sicher, dass Jeb alles mitbekam. Er kniete sich hinter May, die noch immer mit Saugen beschäftigt war, und spielte mit ihren Brüsten. Dabei behielt er Jeb im Blick. Dieser lehnte sich erschöpft zurück und ließ den Dingen ihren Lauf.

Allmählich kam May auf Touren; sie ließ von Nino ab und nahm die Vierfüßerposition ein, die Jeb früher so geliebt hatte. Ihren Hintern wandte sie ihrem gefesselten Lebenspartner zu. Nino streichelte Mays prächtige Schamlippen und lächelte Jeb an. Er spreizte ihre Vulva und gewährte dem Ehemann Einblick ins Paradies. Dann konzentrierte er sich ganz auf Mays Cliti. Er befeuchtete den Zeigefinger mit etwas Spucke und berührte sie nur leicht. Dabei blickte er May in die Augen, als wollte er ihre Reaktion abwarten. Dann nahm er das Erbschen zwischen Daumen und Zeigefinger und drückte es zart. May stöhnte, was das Zeug hielt – das einzig Störende war das helle Licht, das ihrem Gatten jedes noch so kleine Detail offenbaren sollte.

Nach so viel Vorarbeit machte Ricardo sich ans Werk. Er war italienischer Abstammung und hatte ein charaktervolles Gesicht mit tiefgrünen Augen und einem energischen Mund. Er spielte an seinem Penis herum, bis dieser prall und steif war. Als wollte er Jeb um Erlaubnis fragen, nickte er ihm fragend zu und spreizte gleichzeitig mit seiner Rechten Mays Schamlippen. Diese glänzten feucht, wohl auch deshalb, weil Laura sie zuvor mit Lipgloss behandelt hatte. Dann drang Ricardo frech und ohne zu zögern in May ein.

„Hhhhh ...“ Mays Erregung war für alle Anwesenden zu spüren. Während sie Ninos Penis wieder zwischen ihre Lippen schob, massierte dieser ihre Brustknospen. Lüstern betrachtete Ricardo Mays kräftigen weiblichen Hintern und stieß immer wieder energisch zu. Zwischendurch zog er sich aus ihr zurück und vergewisserte sich, dass Jeb noch immer zuschaute. Grinsend kitzelte er Mays Pfläumchen und drang wieder in sie ein.

„Mmmmph“, „Ummmph“ … Was Jeb wohl sagen wollte?

Nachdem Ricardo auf Mays Rücken abgespritzt hatte, wechselten die beiden Männer die Position. Mit heftigen Bewegungen fickte Ricardo May in den Mund; diese rang nach Luft. Nino ölte ihren Anus ein und schob prüfend einen Finger in die verbotene Zone.

May hatte noch nie Analverkehr gehabt, aber sie war so geil, dass ihr alles egal war. Die Anwesenheit ihres Mannes, wenngleich dieser wehrlos war, beruhigte sie. So schlimm war das Ganze doch gar nicht …

Nino betrachtete lange Jebs geweitete Augen. Dann zwängte er seine Eichel in Mays Poloch. Er hatte anfänglich etwas Mühe, sich in ihr zu bewegen und half mit Öl nach. Allmählich weitete sich Mays Schließmuskel und verschaffte Nino nie geahnte Wonnen. Die Rarotonganerin wurde zum Vulkan, krallte sich wie eine Wildkatze in die rote Decke, auf der sie kniete. Dumpfe Stöhnlaute drangen aus ihr heraus; Ricardo konnte von seinem Mundfick nicht ablassen. Diese Hibiskusaugen! Das tiefschwarze glänzende Haar! Dieser Mund! Dieser Mund … Dann kamen beide Männer gleichzeitig.

Wenig später ließen sie von May ab, verneigten sich vor dem gefesselten Jeb und verließen den Raum.

Nach diesem Ereignis dauerte es dann doch eine ganze Weile, bis Jeb und May wieder zusammenfanden. Eine begleitende Therapie war vonnöten. Heute aber sind sie wieder glücklich. Jeb arbeitet zwischendurch in seiner Werkstatt, May flicht sich Hibiskusblüten ins Haar und ein Mal pro Jahr ist Urlaub in Rarotonga angesagt.

Das Bett teilte Jeb ausschließlich mit seiner Ehefrau.

Ute

Während Ute im Badezimmer steht und ihre tief sitzende Jeans zuknöpft, fragt sie sich, wieso sie das alles tut: freizügiges Dekolleté, eine Hose, die keine Phantasien offenlässt, freier Bauchnabel ...

Ein Lehrer hat mal zu ihr gesagt, jede in Deutschland lebende Ute sei anders als andere Frauen, wecke unbeschreibliches Verlangen, sei sowohl, was Intelligenz anbelange oder körperliche Vorzüge oder Kleidergeschmack oder Kochtalent – sofern all die Utes sich das überhaupt zugestehen –, schlicht und einfach Weltspitze.

Gedankenversunken geht Ute ein paar Minuten später Richtung Unibücherei. Sie streicht ihr Haar zurück und beschleunigt den Schritt. Jemand folgt ihr. Sie hört zwar nichts, ahnt aber: Da ist jemand! Wieso trägt sie eigentlich diese verdammte Jeans? Sie selbst findet diese tief sitzende Mode überhaupt nicht geil, fühlt sich in solchen Hosen ausgeliefert: all den Spannern in der Straßenbahn, im Hörsaal, in der Cafeteria. Utes Hintern ist kugelrund. Da gibt es schon was zu bewundern.

Sie schwitzt unter den Armen. Die kleinen salzigen Perlen rinnen seitlich an ihr herab. Ihren Verfolger – sie ist sich sicher, dass es ein Mann ist – hat sie hinter sich zurückgelassen. Endlich, in der Sicherheit der geräumigen Bibliothek, entspannt sie sich. Sie steuert gezielt auf die großen Architekturbände zu und findet, was sie sucht: ein Buch über Baustile der Toskana. Derartiges lässt ihr Herz höher schlagen. Sie kniet sich hin, weil die ganzen Bände in den untersten Regalreihen stehen und schmökert. Ihre Jeans rutscht tiefer, und Utes grüner String wird sichtbar.

Ich beobachte Ute schon lange. Seit Jahren. Ich wohnte ihr genau gegenüber. Anhand der Klingelschilder konnte ich ermitteln, dass die Schöne mit dem vollen Haar, die jeden Morgen pünktlich um

6.30 Uhr nackt aus dem Bad kommt und abends telefonierend im Wohnzimmer umhergeht, Ute heißt. Ute Schönberg. Bestimmt hat sie vorhin bemerkt, dass ich ihr gefolgt bin. Verdammt geil, dieser Arsch. Ihr Parfum: Summerscent. Marjorie Midgarden Fragrances. Ich muss alles wissen über meine Ute. Alles. Es ist so unvorstellbar erregend, wie sie vor ihren Architekturbüchern kniet und mir ahnungslos ihren Hintern präsentiert. Aaaah ..., wenn ich ihr die Jeans bloß ausziehen könnte! Hier! Auf der Stelle!

Ute hat drei Bücher zu ihrem Thema gefunden, richtet sich auf und macht sich auf den Weg zum Ausgang. Folgt ihr wieder jemand? Abwesend streckt Ute der Frau an der Theke ihren Ausweis entgegen – eine reine Formalität. Die Bibliothekarin kennt die regelmäßigen Besucher.

Ute beschließt, im kleinen Café *Il Ghatto* einen Kaffee zu trinken und mal wieder eine Tageszeitung zu lesen. Sie ist über Tagesaktualität schlecht im Bild, findet sie. Möglicherweise liegt das auch an der wirren Berichterstattung über Vogelgrippe, Karikaturenstreit und Palästinenser. Irgendwann wird sie das alles wild durcheinanderwürfeln und sagen: Beim Karikaturenstreit steckte sich ein Palästinenser mit der Vogelgrippe an. Das wird den Konfliktherd erneut aufkochen lassen.

Ich bringe mich jetzt in Position. Vom kleinen runden Nebentisch aus kann ich Utes runde Pobacken bestens ins Visier nehmen. Sie bestellt einen Latte Macchiato. Dieser String ist wirklich geil. Ich vermisse allerdings ein Tattoo an Utes einsehbarem Rückenende in der Sakralregion, irgend was Freches, Keckes, Schamloses. Möglicherweise ist sie anderswo tätowiert ..., an einem Plätzchen, das ich nicht kenne? Ich schließe die Augen, atme tief und stelle sie mir vor, meine Ute, frühmorgens um halb sieben, frisch geduscht, splitternackt und ahnungslos. Von meinem Balkon aus konnte ich ihr Fötzchen bisher nur erahnen. Es ist aber unrasiert. So viel konnte ich doch erkennen. Das steht ihr prächtig, meiner süßen, geilen Ute. Langsam werde ich ungeduldig. Die Schlampe lässt sich Zeit. Ich will ihren Arsch wackeln sehen auf offener Straße, möchte laut schreien: Seht her, Leute, betrachtet Utes geilen Hintern, genießen wir sie doch gemeinsam im Kollektiv, im Voyeurverbund!

Ute steht auf, wischt sich die Briochekrümel von den Oberschenkeln, zahlt am Tresen und verlässt behände das Café. Ihr ist unheimlich zumute. Da ist ein Verfolger, aber sie kann ihn nicht sehen. Sie verdrängt den Gedanken und macht sich auf den Nachhauseweg.

Sie hat heute noch viel vor, will sich erst mal in der Unisauna verwöhnen, danach ist ein Besuch bei ihrer Kosmetikerin angesagt.

Den Großteil des Nachmittags wird sie mit Studien über spätgotische Architektur verbringen müssen. Jetzt bedarf es eines gezielten Timings. Flink huscht sie die drei Treppen zu ihrer Wohnung hoch und knallt die Bibliotheksbücher auf den Küchentisch. Sie schnappt sich die Nivealotion, drei Badetücher, Shampoo und einen kleinen Geldbeutel, packt alles in ihre schwarze Adidas-Umhängetasche und macht sich auf den Weg zu den Sportanlagen. Ute lebt direkt auf dem Campus in einem kleinen Quartier – ein Luxus gegenüber all den Kommilitonen, die täglich lange Anfahrten in Kauf nehmen müssen. Die Kontrollfrau kennt Ute und nickt ihr lächelnd zu. Sie muss sich nicht ausweisen. Heute ist gemischte Sauna angesagt, aber Ute weiß, dass sie zu dieser Tageszeit wohl allein dasitzen und schwitzen wird. Ihr ist das nur recht so; sie freut sich darauf, ungestört ihren Gedanken nachhängen zu dürfen. An diesem Ort kommen ihr die besten Ideen. Bedächtig öffnet sie die Gürtelschnalle und knöpft ihre Jeans auf.

Viel aufzuknöpfen gibt es nicht bei dieser tief sitzenden Jeansmode. Kleine geile Exhibitionistinnen seid ihr doch alle! Wunderbar! Wunderbar!! Ich kann alles von ganz nah sehen. Die paar winzigen Pickel in Utes frisch rasierten Achselhöhlen, als sie sich das Haar zusammenbindet. Was gäbe ich nicht alles um den Besitz ihrer Haarspange! Utes feine Härchen an den Unterschenkeln. Die winzigen Stofffasern am Rand ihrer Söckchen. Ich wage gar nicht erst höher zu blicken. Ahhhh ..., Utes dunkelgrüner String! Wie er zwischen ihren Pobacken verschwindet! Der kleine neckische Schönheitsfleck links, etwas oberhalb der Mitte! Mensch, Ute, ich will dich durchvögeln mit langsamen, kräftigen Stößen. Wenn ich bloß könnte! Jetzt befreit sie ihren Megahintern von der Enge des Strings. Fühl dich frei, geiler, runder Ute-Arsch! Heilige Lisa! Sie bückt sich, um ihre Schuhe aufs kleine Holzregal zu stellen. Ich stehe direkt hinter ihr. Heilige Maria! Ein so geiles Pfläumchen hab ich noch nie gesehen! Ein Königreich gäbe ich darum, sie da ein bisschen zu kitzeln. Hat die Kleine überhaupt eine Ahnung, was sie da präsentiert?

Wie gerne würde ich sie jetzt lecken! Aber nein, ich warte ab. Nach der Sauna wird sie salzig sein da unten, ein salzig warmer Geschmack wird meine Zunge verwöhnen. Geduld, Junge, sag ich mir. Geduld! Nur mit der Ruhe! Wie zärtlich sie ihren BH aufknöpft! Utes Nippel sind für meinen Geschmack etwas zu klein, aber ich erbebe in Vorfreude, wenn ich mir vorstelle, wie sie sich im Eisbad aufrichten werden, die kleinen, süßen Dinger! Und tatsächlich! Ute fackelt nicht lange unter der lauwarmen Dusche, dreht sich ein Mal um sich selbst – und klettert straight das kleine Treppchen hoch, das zum Eisbad führt. Erst mal folge ich ihr. Brrrr! Das ist nicht meine Sache; ich geh schon mal rein in die Sauna und warte auf meine Verehrte. Ich sitze allein da, was mich aber keineswegs enttäuscht. Ich kann mich so besser auf Ute konzentrieren, und sie bewegt sich bestimmt hemmungsloser, wenn da nicht noch andere Besucher rumhocken. Ich muss nicht lange auf sie warten. Eine strahlend schöne Göttin. Utes Augen! Utes Haar! Utes feiner, langer Hals! Utes Schultern! Utes Hüften! Utes Nabel! Utes kräftige, wohlproportionierte Oberschenkel! Ich kauere mich einfach mal in der Ecke hin, beobachte Ute durch die Glasscheibe und harre der Dinge, die da kommen sollen.

Ute fühlt sich unbeobachtet. Den Verfolger vor der Bibliothek hat sie längst vergessen.

Mit kreisenden Bewegungen massiert sie ihren Bauch und begibt sich in den Yogasitz. Katzenhaft streckt sie ihren Oberkörper so, dass die Rippen sichtbar werden. Ihre wohlgeformten Brüste spannen sich an und Ute atmet tief:

Ein–aus ..., ein–aus ..., ein–aus ...

Ute im Yogasitz. Ich darf mir nichts entgehen lassen. Nicht die Schweißperlen, die zwischen ihren Brüsten nach unten rinnen und im Haardreieck verschwinden, nicht Utes leicht geöffneten Mund, nicht ihr triefend nasses Haar, das ihr in der Stirn klebt. Utes Zehen sind eine Wonne, und bereits jetzt erregt mich der Gedanke, dass ich ihr eines Tages bei der Pflege zuschauen werde. Ute bei ihrer Kosmetikerin. Mir wird schwindlig, so geil bin ich. Aber jetzt habe ich nur noch Augen für Utes Muschi. Wie niedlich sie sich ausnimmt zwischen den gespreizten Schenkeln. Nur wenn ich ganz genau hinschaue, kann ich den Ansatz ihrer rosa Spalte erkennen. Ich weiß, dass sie salzig schmecken wird da unten, und feucht wird sich das anfühlen, so, als schlürfte man an einer Auster. Ich gehe noch näher ran. Ahhh ..., jetzt kann ich Ute riechen. Ihr Parfum ist sie noch nicht ganz losgeworden – trotz Dusche und Eisbad. Aber da ist noch ein anderer Duft und ich weiß genau, woher er kommt. Zu salzig, um süß zu sein, zu süß, um salzig zu sein. Die Magie von Utes Muschi. Jetzt legt sie ihre linke Hand vor die Scham, als müsste sie sie vor mir verbergen.

Ute träumt. Die regelmäßigen Atemzüge tragen sie ganz weit weg, weg vom Architekturstudium, der Unisauna und Literaturrecherchen. Ute reibt ganz sanft an ihrer Klitoris und schwebt an einen warmen Sandstrand. Dort räkelt sie sich in der Sonne und lässt sich das Dekolleté massieren. So, wie Kosmetikerinnen das tun. Ute ist in Gedanken ganz bei Nina della Rosa, ihrer Kosmetikerin.

Sie liebt diese Frau und hat sich insgeheim gewünscht, ihre Hände würden bei der Gesichtsmassage tiefer als bloß bis zum Brustansatz gleiten. Ute reibt mit mehr Druck und stellt sich die warmen, kräftigen Hände ihrer Kosmetikerin vor. Ihre Fingerkuppen ruhen auf Utes Nippeln und beginnen dann zu kreisen. Ute schiebt den Mittelfinger in ihre feuchte Öffnung. Wenn jetzt bloß keiner die Sauna betritt.

Draußen ist es still, kein Duschstrahl klatscht auf die Steinfliesen. Ute schließt die Augen und dehnt ihren Oberkörper. Sie atmet heftig. In ihrer Vorstellung tastet sich Nina della Rosa, bei der sich Ute noch am selben Morgen zur Nagelpflege einfinden wird, zur Schamregion vor. Utes ganzer Körper spannt sich an. Sie öffnet ihren Schoß noch ein klein wenig mehr. Ihre feucht glänzende Muschi ist jetzt prima zu sehen. Ute stöhnt leise …

Meine Süße masturbiert. Ich kann es kaum glauben. Ich bin Zeuge des schönsten Naturschauspiels, das ich mir vorstellen kann. Einen kurzen Moment bilde ich mir ein, dass ich Utes Klitoris sehe. Dieses Fingerspiel! Fast ballettartig kreisen Mittel- und Zeigefinger um die empfindliche Knospe. Ute ist sichtbar erregt, ich kann ihre Erregung riechen. Ahhhh … Jaaaa, Ute, mach's dir, genieß das …, mach's dir in dieser öffentlichen Sauna, geh tiefer, schieb dir einen Finger in die Fotze, am besten aber gleich zwei oder gar drei … Jaaaa, ich kann gut mitfühlen, Süße …, stöhn nur hemmungslos, brauchst dich nicht vor mir zu schämen, spreiz die Beine noch etwas mehr, jaaaa, ich will deine geilen, prallen Schamlippen sehen …

Schade, dass Ute sich meiner Anwesenheit nicht bewusst ist.

Ich bin vor zwei Tagen gestorben.

Ute bei der Kosmetikerin

Mein Gewissen plagt mich. Ich lebe zwar nicht mehr, diese verdammte moralische Instanz ist aber noch da. Ich ziehe mich aus der Sauna zurück, lasse Ute allein. Ich tue den Frauen ja nichts. Ich schaue nur. Lustvoll zwar, aber ich will doch nur gucken, wie sie ihre Muschis rasieren, sich streicheln – mit einem Dildo – vielleicht ... Sobald sie sich aber zum Liebemachen treffen, mache ich mich aus dem Staub. Ich bin ja im Grunde auch nur noch Staub, eine Anima, eine Seele und ich kann sie sehen. Ganz genau sogar. Utes pralle Schamlippen werde ich in Erinnerung behalten. Es ist übrigens nicht so, wie die einschlägige Literatur das beschreibt: Seelen ohne Körper können durchaus frieren und Wärme empfinden, Lust sowieso, und sehen können sie auch. Riechen geht nur begrenzt, hören gar nicht.

Als Ute die Sauna verlässt, umweht sie ein kühler Lufthauch. Sie ist aber zu sehr in Gedanken vertieft, als dass sie sich damit auseinandersetzen mag. Sie hat weiche Knie und schämt sich vor sich selbst. Was hat sie da gerade getan? Was, wenn jemand die Sauna betreten hätte? Während ihres Orgasmus? Was hat sich da bloß in ihrem Kopf abgespielt? Sie ist sich ziemlich sicher, dass Nina della Rosa nichts Besonderes für sie empfindet. Sie ist nur Kundin und wird professionell betreut. Dazu gehört auch das Einreiben ihres Dekolletés, wenn eine Gesichtsbehandlung ansteht, aber – mal Hand aufs Herz – wie viele Dekolletés cremt Nina della Rosa im Laufe einer Arbeitswoche wohl ein?

Ute duscht ausgiebig, trocknet sich ab, reibt ihren ganzen Körper mit Nivealotion ein, föhnt ihr Haar, steckt die kleine bunte Haarspange hinein. Die steht ihr prima. Sie ist das Tüpfelchen auf dem i.

Draußen weht eine Brise. Ute ärgert sich, dass sie sich unter dem Föhn nicht mehr Zeit gelassen hat. Ein paar nasse Löckchen kringeln sich in ihrer Stirn. Einmal mehr verflucht sie ihre tief sitzende Jeans. Sie friert am Hintern. Dann greift sie zum Handy. Nina della Rosa antwortet sofort.

„Hätten Sie Zeit, mir nebst der Nagelpflege eine Gesichtsbehandlung zu machen?", fragt Ute und freut sich, dass Nina della Rosa spontan zusagt. Offenbar hat sie nicht allzu viele Kundinnen. Ute hat das tiefe Bedürfnis, es sich gut gehen zu lassen.

„Das Besondere am Beruf der Kosmetikerin ist, dass sie die Haut nur in der Ganzheit von Körper-, Gefühls- und Seelenempfindungen sowie Geist und Umwelt sehen darf." Diesen Satz hatte Ute vor einiger Zeit von Nina della Rosa gehört und ihn sich immer wieder vorgesagt. Nach Abschluss ihres Studiums als Architektin würde sie kaum etwas Ganzheitliches, Umfassendes kreieren können. Zu eng der finanzielle Rahmen, zu kleingeistig die Zeit.

Ute seufzt leise und biegt in die kleine Seitenstraße ein, in der sich das Studio befindet. Nina arbeitet im Erdgeschoss; die ehemalige Kneipe ist vom Vermieter umgebaut worden. Ninas Vater hat mitten im Raum eine Gipswand hochgezogen, um den Eingangsbereich mit der kleinen Garderobe und dem Tresen mit der Kasse vom eigentlichen Behandlungsbereich abzutrennen. Der Behandlungsbereich ist geschmackvoll, aber einfach eingerichtet. Nina della Rosa hat Ute mal erklärt, sie biete ihre Dienstleistung auch Männern an. Wäre das Studio romantischer eingerichtet, beispielsweise mit Kerzen, würde sie Annäherungsversuche ihrer männlichen Kunden provozieren. In einer klinisch-professionellen Umgebung drohe ihr diese Gefahr weniger. Nina della Rosa arbeitet allein.

Utes Herz schlägt bis zum Hals, als sie den Klingelknopf drückt. In ihrem lila Kittel, der ihr bis zum Bauch reicht, wirkt sie sehr frisch. Die enge weiße Hose lässt ihre perfekte Figur erahnen. Zum Modeln ist die Kosmetikerin mit ihren 160 Zentimetern allerdings zu klein.

Wie immer kringelt sich ihr hüftlanges blondes Haar, das sie zu einem Pferdeschwanz zusammengebunden hat. Freundschaftlich reicht die Kosmetikerin Ute die Hand. Die beiden Frauen sind seit Jahren per Sie; das erhöht für Ute den Reiz. Warum das so ist, kann sie sich nicht erklären.

„Sie können erst mal ablegen“, sagt Nina leichthin, „ich bereite schon mal die Gesichtsbehandlung vor.“

Im Nebenraum war Ute noch nie; sie stellt sich die kleine Kammer wie ein Labor vor: mit Phiolen, Schälchen, Pinzetten, Töpfchen und Fläschchen, Puderquasten und Tuben aller Art. Ute steht neben dem Liegestuhl, der schneeweiß bezogen ist und einem Behandlungsstuhl in einer Zahnarztpraxis gleicht.

„Machen Sie sich schon mal oben frei“, fordert Nina della Rosa Ute erneut auf. „Für die Behandlung des Dekolletés“, fügt sie erklärend hinzu.

Bildet Ute sich den anerkennenden Blick nur ein, mit dem die Kosmetikerin ihre nackten Brüste taxiert? Unwillkürlich richten Utes Nippel sich auf; sie steht mit ihren gepunkteten Söckchen auf dem kalten Fliesenboden.

„Gleich wird es warm.“ Nina della Rosa lächelt und legt Ute ein vorgewärmtes Tuch auf Busen und Bauch. Den Brustansatz lässt sie frei. Sie schiebt ein kleines Wägelchen an Ute vorbei und positioniert sich am Kopfende. Ute sieht Ninas Gesicht über sich: die gepflegten, dezent geschminkten Lippen. Die Nasenlöcher mit dem kleinen Delfinpiercing am linken Nasenflügel. Ninas dunkle Augenwimpern und -brauen. Sie stammt aus Apulien, ist aber in Deutschland aufgewachsen. Nina arbeitet vorwiegend mit der Yves-Rocher-Linie und massiert Utes Stirn mit *Bio Spécific Active Sensitive.* Nina della Rosa weiß um Utes empfindliche Haut. Es fallen wenige Worte zwischen den beiden Frauen, sie sind wie Freundinnen, die sich auch ohne Worte spüren.

„Sie haben zwei kleine Mitesser“, lächelt die Kosmetikerin und drückt sie ohne Zögern aus. Zuvor wendet sie *Soin Clarifiant* an. Dann, nach dem Zupfen von ein paar kecken Augenbrauen, die ausgiebige Massage mit *Pure Camille.* Nina della Rosa kippt den

Stuhl um ein paar Grad nach hinten und hält Ute an, die Augen zu schließen.

„Lassen Sie sich entführen", sagt ihre dunkle Stimme. Sie legt Entspannungsmusik auf: Kitaro. Dann macht sie sich mit der Feuchtigkeit spendenden Creme an Utes Gesicht zu schaffen und massiert kreisend ihre Schläfen. Langsam, ganz langsam arbeitet Nina sich zum Dekolleté vor und schiebt das wärmende Tuch ein wenig zurück. „Darf ich?", fragt sie im selben Moment. Ute nickt wortlos. Ninas Hände sind zärtlich und energisch zugleich, ihre schönen langen Finger sind zum Streicheln, Kneten, Kreisen und Drücken gemacht. Ute atmet tief; sie stellt sich vor, sie läge mit Nina della Rosa nackt im Sand, irgendwo am Meer. Sie legt die Hand auf Ninas kecken Hintern, der sich in der Realität in ihrer engen Hose verbirgt. Utes Unterleib wird warm und schwer. Zärtlich streichelt Nina della Rosa Utes Hals, tastet sich an den Schlüsselbeinen entlang und fährt kreisend über den Brustmuskel. Wortlos schiebt sie das Tuch weiter nach unten.

Ute weiß, dass ihre Brustwarzen jetzt freiliegen. So weit ist die Kosmetikerin noch nie gegangen. Sie behandelt Utes Brüste mit einer kühlenden Lotion. Ninas Fingerkuppen kreisen vorsichtig über Utes Nippeln. Ute stellt sich vor, sie würde am Strand Nina massieren. Die dreht sich auf den Rücken und lächelt Ute an. Sie versinken in einem innigen Zungenkuss.

Auf dem Behandlungsstuhl in der Kosmetikpraxis della Rosa reckt Ute ihrer Wohltäterin den Oberkörper entgegen.

Streichle mich, massier mich, nimm mich, sagt ihre Körpersprache. Nina della Rosa versteht sich auf Körpersprache und behandelt mit federleichten Berührungen die Brüste ihrer Kundin. Ute atmet tief. Dann kippen ihre Füße zur Seite. Nina lächelt. Sie weiß, dass sie jetzt alles tun könnte. Ute öffnet sich ihr wie eine Knospe im Frühling. Nina zieht das Wärmetuch wieder hoch, bis an Utes Hals.

„Genießen Sie jetzt die Gesichtsmaske, sie dauert bloß drei Minuten", sagt sie und trägt die fruchtige Paste auf. Utes Brüste fühlen sich noch schwerer an als sonst. Sie sinkt in Halbschlaf, bis sie von Nina della Rosa mit einer zärtlichen Berührung an der Schulter aus ihren Träumen geweckt wird. „Und jetzt geht's an die Nagelpflege."

Ute und der verzauberte BH

Verdammt, ich kann nicht an mich halten. In der Sauna habe ich mich von Ute verabschiedet, weil mich mein Gewissen gepeinigt hat. Es ist mir deshalb nicht recht, Frauen bei ihren intimsten Verrichtungen zu beobachten. Aber ich kann nicht anders: Ute hat mir keine Ruhe gelassen. Ich befinde mich jetzt in Nina della Rosas Behandlungsraum. Leider kann ich nicht alle Düfte riechen, denn ich bin ja nur noch Fluidum, Seele, Anima. Aber ich kann sämtliche Düfte fühlen. Yves Rocher zum Beispiel fühlt sich glatt an, Nivea Lotion schleimig, Pure Camille warm. Utes Gemütszustand kann ich auch erfühlen. Entspannt ist sie und glücklich und erregt. Ich verkleinere mich, um es mir im linken Körbchen von Utes BH gemütlich zu machen.

Ute bedankt sich bei Nina della Rosa für die Nagelpflege und entledigt sich des Wärmtuchs, das schützend auf ihrer Brust liegt. Wie weich und samtig sich jetzt ihre Hände anfühlen! Ein Glücksgefühl durchströmt sie, als sie aufsteht und sich anzieht. Genau in dem Moment, als sie den BH hinten zuknöpft, fühlt sie etwas Kühles an ihrer linken Brustwarze wie einen Lufthauch. Sie schenkt dem aber keine weitere Beachtung und zückt ihren Geldbeutel.

Langsam geht Nina della Rosa vor ihr her zur Kasse. Ihre Körpergröße, nur ein Meter sechzig misst sie, unterstreicht die Länge ihres Haares noch, neckisch rund sind die Pobacken unter der engen weißen Hose. Utes Herz klopft und sie spürt, wie ihr linker Nippel sich versteift.

Ich bin jetzt ganz nah bei meiner Ute und kann ihr Herz klopfen fühlen. Hören geht ja nicht mehr, in meinem Aggregatzustand als Seelenwesen. Der Raum zwischen Utes linker Brust und dem BH-Stoff ist eng, sehr eng. Dadurch intensiviert sich meine Erregung. Aaaah … Dieser Duft, den ich fühlen kann. Wunderbare Ute … Deine schwere, geile Brust! Obwohl schon viele Liebhaber vor dem Einschlafen daran genuckelt haben? Ute treibt es aber nicht mit jedem. Sie ist eher der Typ seriöse Studentin, der man erst mal richtig einheizen muss. Ich spüre, wie die Tür von Nina della Rosas Kosmetikstudio ins Schloss fällt, und werde fast ein wenig seekrank, weil Utes Brüste so hoppeln. Die Süße ist vermutlich in Eile. Ein Sport-BH würde ihr guttun. Ich fühle, dass Ute schwitzt. Hat sie Angst?

Ute geht schneller. Irgendwas stimmt nicht mit ihrem BH. Die linke Brust fühlt sich so kühl an ..., doch von einem Augenblick auf den andern ist alles wieder normal. Im Laufe der Woche wird sie sich einen Sport-BH zulegen, um sich sicherer zu fühlen.

Sie verlangsamt ihren Schritt, genießt die Sonnenstrahlen und träumt von den Handbewegungen ihrer Kosmetikerin. Dann kauft sie sich ein Sandwich und setzt sich nahe der Uni im Park auf eine unbesetzte Bank.

Das ist mein Moment. Ich möchte jetzt Utes Körper erfühlen – in all seinen Rundungen, Winkeln und Öffnungen ... Ich bewege mich also von Utes BH-Bügel weg nach unten, bis ich ihren Bauch taste. Utes Bauch, welch wunderbare Region! Ahh, es gibt also wirklich ein Leben nach dem Leben! Vorsichtig berühre ich das freche Piercing an ihrem Nabel. Ob Ute etwas spürt? Ich fühle ein Rumpeln, wenn sie ihre Sandwichbissen schluckt, ahnungslos und genüsslich, das naive Ding! Ich werde ganz kribblig und bewege mich weiter nach unten, bis ich den salzigen Duft von Utes Muschi wahrnehme. Welch eine Wonne! Ich denke zurück an die Sauna, wie entspannt sie da saß in ihrem Yogasitz und ihr Fötzchen streichelte. Sooo süß! Wir sind bereits Vertraute, Utes Fötzchen und ich, jaja, aber das hier sprengt jeden Rahmen. Ich bin jetzt ganz nah dran am intimsten Plätzchen meiner Ute. Ob ich sie an ihren Venuslippen kitzeln soll? Ute reagiert sehr empfindlich auf meine Berührung und rückt ihre Hose zurecht. Ts, ts, das geziemt sich nicht für eine junge Dame, ts, ts! Gut, dass keiner zuschaut. Wir, das heißt Ute ist vollkommen allein auf ihrer Sitzbank. Ich kann das spüren.

Einen ganz kurzen Moment lang ist Ute unheimlich zumute. Erst dieses Gefühl von Kälte an ihrer linken Brust, dann am Bauch ... und jetzt ..., sie zieht sich ihre Jeans zurecht, die im Schritt ohnehin zu stark einschneidet. Dann nimmt sie sich das neue Buch von Sibylle Berg vor: Ende gut.

Ich ertaste Utes Schamhaar und befühle die Stelle, an der die kleinen Schamlippen zusammentreffen. Ich gehe behutsam vor. Da! Diese kleine Erhebung muss Utes Cliti sein. Rund um mich ist es zappenduster. Aaaah, dieser Salzduft! Ich zerberste! Mit aller Zärtlichkeit massiere ich Utes Clitoris. Öffne dich, Blume, öffne dich, denke ich und spüre die Nässe, die jetzt an Utes Geschlecht glitzert.

Utes Geschlecht fühlt sich siedend heiß an, so, als würde sie dort zärtlich gestreichelt. An den ersten paar Seiten ihres Buches, wenngleich faszinierend geschrieben, kann es kaum liegen. Wirkt Nina della Rosas Behandlung derart nachhaltig? Ute entspannt sich, öffnet ihre Beine und schließt die Augen. Sie lässt der Sache ihren Lauf. Ein Tagtraum?

Es ist so weit. Ute gehört jetzt mir. Ich kann ihre Lust steuern. Kurz unterbreche ich mein Streicheln und untersuche ihre Venuslippen. Sie sind erstaunlich prall – wie geschaffen für die Liebe. Utes Anatomie bringt mich noch um den Verstand. Ich dehne ihre großen Labien und spiele an den kleinen Schamlippen herum. Es ist für mich nicht ganz einfach, ihren String zur Seite zu schieben – aber unter Aufbieten aller meiner Kräfte gelingt es mir.

Ich drücke Utes große Schamlippen zusammen, dehne sie, drücke sie zusammen ... und kann mit diesem Spielchen nicht mehr aufhören. Ute ist klitschnass, sie öffnet sich mir. Ich kann ihr Geschlecht jetzt besser manipulieren, auch der Salzduft wird stärker. Eine kleine Erschütterung ... Ute zieht die Beine an. Wunderbar. Jetzt kann ich ihren Damm kitzeln. Weißt du überhaupt, wie schön du bist?

Ute zieht die Beine hoch und genießt die Sonne an ihrem Hinterkopf und ihren Schultern. Wie herrlich das wärmt! Auch wenn sie nicht weiß, wie ihr geschieht: Es ist genau das, was sie braucht:

Diese Berührung aus dem Nichts, dieses schmetterlingshaft Zarte ..., was auch immer es ist. Nicht die Gier gewisser Kommilitonen auf dem Campus, nicht die glitschige Anmache ihrer bisexuellen Nachbarin, nicht die plumpe Erotik in dicken Romanen ist es, was ihre Seele zum Fliegen bringt, sondern dieses hauchzarte Etwas, das sich gerade zwischen ihren Beinen zu schaffen macht. Wärme durchflutet ihren Bauch. Dann sieht sie nur noch Farben, Farben, die sie noch nie gesehen hat.

Utes pulsierende Vagina! Der reine Wahnsinn! Sie spritzt ja richtig ab, das süße Schätzchen. Ich habe sie vollständig unter Kontrolle. Wenn jetzt bloß keiner vorbeikommt, irgend so 'n bedepperter Professor am Krückstock oder so. Und wenn schon? Auch egal, sollen sie doch alle sehen, wie ich das hinkriege mit der Ute, wie sie sich windet und stöhnt, und das am heiterhellen Nachmittag ..., mutterseelenallein auf einer Bank, auf der sonst über Darwin, Einstein, Vester, La Fontaine und Dostojewski debattiert wird.

Ute atmet schwer. Sie muss jetzt dringend pinkeln. Im Untergeschoss der philosophisch-historischen Fakultät befindet sich eine Damentoilette.

Eilenden Schrittes geht Ute aufs Unigebäude zu und ist froh, dass ihr Batch funktioniert. Die schwere Eichentür schwingt zurück, Ute schafft gerade noch die kleine Wendeltreppe ins U 1, setzt sich hin und pinkelt, was das Zeug hält.

Was ist denn jetzt los? Wo sind wir? Ich fühle Nässe, sehr viel Nässe … und entdecke viel zu spät, dass ich mich in einer Kloschüssel befinde und kurz darauf von Ute, meiner geliebten Ute, weggespült werde.

Es wird Jahre dauern, bis ich mich, Fluidum, Seele, Anima, mit all meinen Facetten aus dieser Kanalisation befreit habe. Scheiße noch mal!

Yvonne, 18, rothaarig

Yvonne war meine langjährige Brieffreundin. Sie lebt wohl noch heute in ihrer kleinen Wohnung im Prenzlauer Berg. Mittlerweile ist mir das egal.

Mein damaliger Freund Tim hatte die Idee, Yvonne mal zu uns in die Schweiz einzuladen – „Reine Brieffreundschaften, das ist doch echt öd", so pflegte er sich auszudrücken. Yvonne war begeistert. Ich bezahlte ihr sogar die Bahnfahrt zu uns nach Schwarzenburg und holte sie am Berner Bahnhof ab. Mit fliegenden Haaren rannte sie auf mich zu – Yvonne erkannte mich wohl vom Foto, das ich ihr kurz zuvor geschickt hatte.

Das Erste, was mir an ihr auffiel, waren ihre wasserklaren blauen Augen, die mit ihrem langen roten Haar kontrastierten. Sie war auffallend zartgliedrig und in einen dicken, warmen Mantel gehüllt. Es war mitten im Januar und sowohl in Berlin als auch hier in Bern schweinekalt.

Wie eine Fontäne sprudelte sie los, erzählte von der abwechslungsreichen Bahnfahrt und ihrem Leben während der letzten Tage. Schauspielschule beendet. Rolle in einer Theatersoap ergattert. In der Sushibar am Potsdamer Platz einen Typ kennen gelernt. Zwischen den kurzen Sätzen lachte sie laut und unterstrich ihre Worte durch große Gesten.

Aus ihren Briefen kannte ich Yvonne ja schon recht gut, aber so überschäumend hatte ich sie mir nicht vorgestellt.

Tim verwöhnte uns an diesem Abend mit köstlichen Filets, Reis und einem reichhaltigen Salat. Den Tisch hatte er geschmackvoll gedeckt; auch Kerzen fehlten nicht. An Yvonne konnte er sich kaum sattsehen. Er war Berufsfotograf, und mir war schon zu Anfang unserer Beziehung aufgefallen, dass er Frauen auf eine Weise einsog, die mir als Freundin keineswegs behagte. „Künstlerblick", redete er sich jedes Mal heraus. An jenem Abend bedachte er Yvonne fortwährend mit „Künstlerblicken". Ihr schien das gar nichts auszumachen – sie zupfte ihren Pulli zurecht, fuhr sich durchs Haar, scherzte und lachte. Sie faszinierte nicht nur Tim. Die Frau war außergewöhnlich.

Gegen Mitternacht legten wir uns schlafen – Yvonne im Nebenzimmer auf der Behelfsmatratze, Tim und ich kuschelten uns im Schlafzimmer aneinander. Ich fühlte seine Erektion. Wir hatten vor Monaten zum letzten Mal Sex gehabt, und Tim schrieb das dem ungewöhnlichen Arbeitsstress zu.

„Wart nur die Ferien ab", sagte er zu mir, „auf Teneriffa werde ich dich durchvögeln, dass dir Hören und Sehen vergeht."

Beim Frühstück sagte Tim: „Wir müssen der Yvonne etwas bieten." Er blickte mich treuherzig an. „Ich schlage vor, dass wir unser Zelt einpacken, drei Schlafsäcke dazu, die Campingsachen und uns dieses Wochenende eine romantische Tour reinziehen am Schwarzwasser." Das hatten wir nicht abgesprochen.

„Es ist tiefster Winter ..." Er unterbrach mich sofort und prahlte so lange von seinen Survivalfähigkeiten, bis ihre blauen Augen strahlten. Mir blieb nichts anderes übrig, als klein beizugeben. Ich wollte ja nicht als Spielverderberin dastehen.

Im Laufe des Tages trafen wir kleine Vorbereitungen. Mir entging nicht, wie Tim auf Yvonnes kräftigen kleinen Hintern starrte, als sie sich bewundernd über eine seiner Hanfpflanzen beugte. Künstlerblick. Klaro. Mir schlug das Herz bis zum Hals. Da war ein Knistern, das ich nicht einordnen konnte. Mit dem ganzen Gepäck quetschten wir uns in Tims VW Golf und machten uns so gegen fünf Uhr auf den Weg. Die Sonne war schon beinahe weg, als wir am Fluss ankamen.

Die Stimmung war magisch. Vor uns lag der träge dahinziehende Fluss mit seinen Eisschollen, und rund um uns türmte sich der Schnee. Tim begann zu schaufeln; vor seinem Mund bildeten sich kleine Dampfwolken. Yvonne trug eine dunkelgrüne Strickmütze und sah umwerfend aus.

Rasch war das Zelt aufgeschlagen; Tim brachte ein kleines Feuer zustande. Wir erwärmten eine Fertigsuppe, ich biss hungrig ins mitgebrachte Brot. Yvonne setzte sich zwischen Tim und mich und kuschelte sich mit ihrer linken Seite an mich. Was sie mit ihrer Rechten tat, bekam ich nicht mit: Ich fror.

„Ich schlage vor, dass wir früh zu Bett gehen", ließ Tim sich hören, „nicht dass mir kalt wäre – aber euch Frauen vielleicht."

Blöder Macker, dachte ich.

„Macker", sprach es Yvonne aus.

Mittlerweile war es fast dunkel; vier Fackeln erhellten den Platz vor unserem Zelt. Tim begann sich auszuziehen.

„Im Zelt ist mir das zu mühsam", suchte er nach einer Erklärung.

Ich mochte seinen muskulösen Oberkörper; nächtelang hatte ich früher seine Oberarme streicheln können. Früher ... Da stand Yvonne auf und tat es ihm gleich. Im Schein der Fackeln entledigte sie sich ihres Mantels, des Pullovers, zog sich das Unterhemd über den Kopf. Sie gab sich keine Mühe, ihre kleinen spitzen Brüste vor uns zu verbergen, und tänzelte im Schnee.

„Ich komm mir vor wie eine Squaw", scherzte sie, „eine Wintersquaw, yuuuuuu!" Sie warf ihr rotes Haar nach hinten und wog sich in den Hüften. Tim starrte. Gegen dieses Biest hatte ich nicht die geringste Chance – da war nichts, mit dem ich Tim jetzt hätte locken können. Der hatte nur noch Augen für Yvonne. Hätte ich jetzt einen Bauchtanz aufgeführt oder einen Strip durchgezogen, hätte ich mich vollends lächerlich gemacht – also blieb ich einfach sitzen.

„Komm, Yvonne, wir gehen Zähne putzen", bot Tim ihr an. Ich blieb allein im Schnee sitzen. Alles in mir krampfte sich zusammen. Ich kämpfte gegen die Tränen. Dann riss ich mich zusammen und folgte den beiden. Etwas später krochen wir ins Zelt.

Irgendwie kam Yvonne zwischen Tim und mir zu liegen. „So fühlt sie sich weniger einsam, unsere kleine Berlinerin", laberte Tim.

Mir entging, dass der Reißverschluss an Yvonnes Schlafsack offen war – an der Seite zu Tim.

„Erzählen wir uns ein Märchen?", schlug sie vor. „Fang du an, Anita! Du schreibst doch so wunderbar, wenn ich an deine Briefe denke ..." Ich hatte nur zwei Möglichkeiten: die totale Verweigerung einerseits, mir nichts anmerken zu lassen andererseits. Ich entschied mich für die zweite Alternative und erzählte den beiden irgendein Märchen, an das ich mich heute kaum mehr erinnere. Nur an eines erinnere ich mich genau:

Plötzlich schlug Yvonne ihren Schlafsack zurück und gab den Blick auf ihre rot behaarte Scham frei. Im Schein der Campinglampe leuchtete ihr Dreieck magisch zwischen den schneeweißen Schenkeln. Von ihren Briefen wusste ich, dass sie noch nie mit einem Mann geschlafen hatte. Tims Augen waren weit aufgerissen; mein Mund wurde trocken. Ich sah nur seine Hand. Tims Hand, die Hand meines geliebten Tim, die sich tastend Yvonnes Muschi näherte. Sie lag mit geschlossenen Augen da. Dann begann Tim sie zu streicheln, sehr vorsichtig, so, als könnte die kleinste falsche Bewegung sie aus ihren Träumen reißen. Da lag sie, meine Brieffreundin vom Prenzlauer Berg und ließ Tim gewähren. Allmählich legte sich meine Eifersucht und machte einer siedenden Lust Platz – der Lust, mich über Yvonne mit Tim zu teilen. Ich zog mein Oberteil aus und spielte mit meinen Brüsten. Es gelang mir so, Tim etwas von Yvonne abzulenken.

Unablässig streichelte er ihr Schamhaar, betrachtete aber meine Brüste. Ich quetschte sie zusammen, ließ sie baumeln, knetete mit Daumen und Zeigefinger meine Nippel ... und erweckte sie so zum Leben. Yvonne schlug die Augen auf, atmete tief durch, sagte aber kein Wort. Eine dunkle Winternacht senkte sich über das Flusstal. Vorsichtig berührte ich Yvonnes weißen Bauch und fühlte, wie ihre Bauchdecke sich hob und senkte. Mein Griff wurde fester; ich massierte meine Brieffreundin, während Tim mit seinem geschickten Fingerspiel ihre Muschi reizte.

Yvonne drehte den Kopf zur Seite und öffnete den Mund. Wir beobachteten jede ihrer Bewegungen, Tim und ich. Als wäre ihr Körper eine Klaviatur, betasteten wir sie vierhändig. Wir hatten sie völlig unter Kontrolle und wurden über Yvonne wieder zum liebenden Paar.

Kurz darauf war Yvonne splitternackt. Unsere Berührungen entwickelten sich harmonisch. Tim und ich verstanden uns. Er ließ von ihrem Lustzentrum ab und streichelte ihre Oberschenkel. Noch nie hatte ich Brustwarzen in einem solch hellen Rosa gesehen. Am Ausschnitt hatte sie viele kleine Sommersprossen, die mich fast um den Verstand brachten. Yvonne bewegte sich unter uns. Ich atmete ihren süßlichen Duft ein; das war wohl der viel beschriebene Duft rothaariger Frauen. In mir floss heiße Lava. Ich führte Yvonnes Hand an meinen Slip. Sofort zog sie ihre Hand zurück. Tim hatte in der Zwischenzeit seinen Penis entblößt, der ihm bis an den Bauchnabel reichte und im flackernden Licht einer geheimnisvollen Wurzel ähnelte. Damit spielte Yvonne jetzt herum – erst zögernd, dann etwas mutiger knetete sie Tims Eichel. Schließlich kniete sie sich hin und schob sich das Lustorgan meines Freundes in den Mund. Rhythmisch senkte sie den Kopf, warf ihn zurück, senkte ihn wieder. Ich massierte ihre Füße. Der rote Nagellack ihrer Zehen war neckisch.

„Ich glaube, sie bläst besser, wenn ich sie massiere." Meine Stimme bekam einen obszönen Klang, den ich mir vorher nicht zugetraut hätte. Tim hielt die Augen geschlossen; es schien, als blase Yvonne mit ihrem kleinen Mund und den schmalen Lippen wirklich gut. Ich hatte Yvonnes kleinen Hintern direkt vor mir und konnte sehen, wie sie zwischen den Beinen glänzte.

Bald wäre sie reif, reif für Tim, reif für ihre Entjungferung. Schließlich war sie schon 18 Jahre alt – zehn Jahre jünger als ich. Mit kräftigem Druck strich ich Yvonnes Fußsohlen entlang und ging völlig in der Aufgabe auf, ihr Gutes zu tun. Wenige Minuten später ließ sie von Tim ab. Dessen Glied war hochaufgerichtet und vorn violett verfärbt. Ich kannte ihn. Jetzt musste er vögeln. Yvonne oder mich – ich hatte keine Gelegenheit zu solchen Überlegungen, denn Yvonne drehte ihren Hintern von mir weg und streckte ihn frech Tim entgegen. Er sah mich an, ich nickte leicht mit dem Kopf.

An Yvonnes Gesicht kann ich mich gut erinnern; fragend und staunend sah sie mich an, während mein Freund sein Glied in sie hineinzwängte. Ein kleiner, spitzer Schrei entfuhr ihr. Tim stieß erst langsam, dann heftiger in sie, immer aus der Hüfte, so, wie er es zu Anfang mit mir getan hatte. In Zeitlupe kam die Vergangenheit in mir hoch.

Dann positionierte ich mich so über Yvonne, dass ich ihren Kopf zwischen meine Schenkel klemmen konnte. Das gab mir das Gefühl, sie zu beherrschen. In diesem Moment empfand ich eine gewaltige Hassliebe für das rothaarige Luder.

Tim und ich küssten uns innig, während er mit seinen großen warmen Händen meine Brüste anfasste und mich zum Schweben brachte. Ich verstärkte den Druck meiner Schenkel noch etwas und spürte an der Stelle, wo meine Beine zusammentreffen, Yvonnes Kopf. Ich hörte sie stöhnen mit lang gezogenen, kehligen Lauten, während mein Tim ihre Lust steuerte und mich gleichzeitig heiß küsste. Dann zog er mit einem Urschrei seinen Penis aus Yvonnes Scheide und spritzte in mehreren Schwällen auf ihrem Rücken ab.

„Schau mal, Anita, hast du schon mal einen so kleinen, süßen Anus gesehen?“ Er spreizte mit ernstem Gesicht Yvonnes Pobacken. Ohne weiter auf Tim zu achten, beugte ich mich über Yvonnes Pförtchen und leckte sie. An der Stelle zwischen Poloch und Vagina war sie besonders empfindlich. Meinen kühlenden Speichel quittierte sie mit einem tiefen Seufzer. Dann bearbeitete ich ihre Schamlippen mit meiner Zunge; der eigenwillige Duft machte mich rasend. Hier hatte Tim hineingevögelt, dieses Löchlein hatte ihm Lust bereitet. Diese Schlampe ..., da war sie wieder, die Hassliebe! Dabei war sie doch ein süßes Geschöpf mit ihrem Wuschelkopf und den wasserklaren Augen. Yvonne, meine Brieffreundin vom Prenzlauer Berg.

Noch einmal stieß ich mit der Zunge in sie, so, als wollte ich mich von ihr verabschieden und ließ dann von ihr ab. Wir redeten kein Wort mehr und versanken in unseren Schlafsäcken. Das Frühstück am nächsten Morgen verlief ebenso schweigsam. Wir packten unsere Campingutensilien zusammen und machten uns auf den Weg nach Hause. Yvonne verließ uns einen Tag früher als geplant.

Ich habe seitdem nichts mehr von ihr gehört.

Nackt im Antiquariat

Es herrschte tiefster Winter an der Züricher Universitätsstraße. Kein Mensch war zu sehen. Herr Meylan saß einsam hinter einer Schale mit dampfendem Kaffee in der alten Küche, die längst hätte renoviert werden müssen. Heute war sein 79. Geburtstag, und er sehnte sich nach seiner Frau. Sie hätte ihm einen Geburtstagskuchen gebacken; wie gerne war er von ihren Zuwendungen überrascht worden. Aber sie war schon lange tot – Herr Meylan führte das unscheinbare Antiquariat allein.

Es begann zu schneien. Der Kühlschrank surrte leise, und über ihm tickte die Wanduhr. Dieses Ticken konnte er aber nicht mehr hören. Dafür waren seine Augen umso besser. Selten benutzte er eine Brille, nur dann, wenn er etwas ganz genau betrachten musste. Überhaupt war die Welt kälter geworden in den letzten Jahren, fand er. Nur noch selten verirrte sich ein Student zu ihm; die Kunden blieben nie lange. Das Wissen, das in zehntausenden von Büchern in seinem Antiquariat gelagert war, gab's ja mittlerweile im Internet. Herr Meylan schlurfte zur Holztreppe und machte sich auf den Weg in den Verkaufsraum. Seufzend setzte er sich hinter das schwere alte Pult mit der altmodischen Registrierkasse. Da ging die Türklingel. Herein kam eine gertenschlanke Frau mit dunkelbraunem langem Haar und einer schwarzen Baskenmütze, auf der sich Schneespuren zeigten. Dienstfertig stand Herr Meylan auf und blickte sie fragend an.

„Was kann ich für Sie tun?"

„Baudelaire. Haben Sie Baudelaire da? Außerdem suche ich eine Gesamtausgabe von Rilkes Werken."

„Ach, der alte Rainer Maria. Klar." Herr Meylan sprach von den alten Poeten mit deren Vornamen – so, als hätte er sie persönlich gekannt. Das war ja auch beinahe so. Seit über fünfzig Jahren gestaltete er dieses Antiquariat, räumte stets aufs Neue, unermüdlich, Berge von Büchern um; treppauf, treppab, bis in die hintersten Winkel dieser potenziellen Goldgrube.

„Ich bin Nathalie", lächelte die Studentin und entledigte sich ihrer Mütze.

„Meylan ist mein Name, sehr erfreut", gab sich der alte Buchhändler förmlich.

„Darf ich?" Nathalie Zenger knöpfte ihren Wintermantel auf. „Ich möchte mit Ihnen reden." Herr Meylan riss überrascht die Augen auf. Schon seit Ewigkeiten hatte niemand mehr mit ihm reden wollen.

„Bitte, kommen Sie nach hinten, da ist's gemütlicher." Nathalie trug einen weißen Rollkragenpulli, unter dem nicht viel auszumachen war. Dafür war sie zu schlank. Die fein geränderte Brille verlieh ihr einen akademischen Hauch. „Ich bin Germanistin, müssen Sie wissen, und Ihr Antiquariat ..."

„Gleich sind wir hinten, ich koche Ihnen einen Tee." Vorsichtig setzte sich Nathalie auf einen wackligen Schemel und blickte Herrn Meylan fröhlich an. Als er sich zu ihr setzte und aufs Brodeln des Wasserkessels wartete, kam sie gleich zur Sache.

„Ich möchte Ihnen gern im Laden behilflich sein – Teilzeit. Dieses Antiquariat ist mein Traum, und ich dachte mir, dass ich Ihnen vielleicht Gesellschaft leisten könnte? Mein Wissen über Literatur ist nicht unbeträchtlich, wissen Sie, und ich ..."

Herr Meylan schluckte schwer. So etwas hatte er nicht erwartet. Sofort kam in ihm der Buchhalter zum Vorschein. Das Geschäft brachte ja kaum etwas ein – sein Einkommen war äußerst knapp –, und eine Angestellte konnte er sich schlicht nicht leisten. Das sagte er Nathalie auch. Diese lächelte verschmitzt.

„Ich nehme auch Naturalien", sagte sie. „Dann und wann ein Buch ... bitte!" Trotz seines Alters war Herr Meylan ein schneller Denker. Vielleicht konnte diese hübsche junge Frau seinen Laden ja wieder etwas in Schwung bringen. Sie wusste bestimmt, wonach ihre Kommilitonen suchten und etwas Gesellschaft für ihn selbst ..., da begann der Teekessel zu singen. Herrn Meylans Laune steigerte sich augenblicklich. Er klaubte seine Lieblingskekse aus dem Küchenschrank und richtete sie auf einem Teller her.

„Ja", sagte er, „ja. Ist das wirklich Ihr Ernst?"

„Klar", antwortete Nathalie unumwunden. „Ich wohne hier gleich gegenüber – und wir könnten uns doch entgegenkommen, Sie und ich." Die beiden wurden handelseinig, und am nächsten Tag nahm Nathalie ihren Dienst auf. Sie war flink, kletterte behände die schwere Leiter rauf und runter, ordnete hier einen Bücherstapel, staubte dort ein Regal ab und machte den alten Buchhändler glücklich. Allein ... die Kunden blieben aus – nach wie vor. Wieder schneite es.

„Wovon leben Sie eigentlich?" Nathalie hatte eine sehr direkte Art, die Herrn Meylans Generation fremd war.

„Wie meinen Sie das?"

„Ich dachte nur ... Wem verkaufen Sie Ihre Bücher?"

„Dem Heiligen Geist", antwortete Herr Meylan trocken und starrte betrübt auf den Holztisch vor sich. Die junge Frau hatte er bereits lieb gewonnen, aber seine persönlichen Finanzen gingen sie nichts an, klar.

„Wissen Sie, Herr Meylan, ich habe da eine Idee. Ich möchte Ihnen klaren Wein einschenken."

„Ja?" Neugierig hob der Alte den Kopf.

„Mein Geld als Studentin habe ich bislang als Stripperin verdient – an der Langstraße. Zudem inseriere ich gelegentlich im Tagesanzeiger. Auf dieser berüchtigten Doppelseite, wissen Sie. Nathalie ... verwöhnt auch Sie." Herr Meylan verschluckte sich dermaßen an seinem Tee, dass er blau anlief. Geistesgegenwärtig klopfte Nathalie ihm auf den Rücken.

„Geht's?"

„Ich hätte Ihnen so was einfach nicht zugetraut!", sagte er.

„Andererseits ... gehen wir doch mal diese vielen Schriftsteller durch! Die verhaltene Erotik eines Erich Kästners („Fabian"), die

Obszönitäten des Marquis de Sade, die tiefe sexuelle Frustration eines Sigmund Freud, der Frauen nichts, aber auch gar nichts gönnte ..." Nathalies Augen begannen zu leuchten.

„Genau! Sigmund Freud ist doch ein ...", Herr Meylan legte seine Hand auf die von Nathalie. Sie entzog sich ihm nicht.

„Ich überlege mir ganz einfach", lächelte sie, „wie es wäre, wenn ich die Arbeit, die ich in Ihrem Antiquariat verrichte, nackt erledigen würde. Was denken Sie, wie rasch sich Ihr Geschäft mit Männern füllen wird? Sie werden mich beobachten, wenn ich auf die Leiter klettere, sie werden mich in den hintersten Winkel begleiten, dorthin, wo de Sade steht, natürlich nicht ohne auf meinen Hintern zu schauen. Was denken Sie dazu, Herr Meylan?" Der Alte war verwirrt. War die Frau verrückt geworden? Oder hatte er etwas verpasst? Waren Nacktverkäuferinnen heutzutage an der Tagesordnung? In der Migros jedenfalls hatte er noch keine gesehen.

„Wir können's ja versuchen", willigte er ein. „Ist Ihnen aber dabei nicht zu kalt?"

„Hey ..., Ihr Antiquariat ist jetzt schon überheizt – kein Problem für mich. Und ich verbinde meine Nacktheit gern mit etwas Sinn. Was bringt es denn, an der Langstraße für diese Glatzköpfe zu tanzen, die nur darauf warten, mir zwischen die Beine zu schauen? Wen macht es glücklich, wenn ich gegen Bezahlung einen Penis lutsche? Den eines mehrfachen Familienvaters zum Beispiel, dessen Frau von morgens bis abends malocht?" Das leuchtete Herrn Meylan ein. Penis lutschen ..., wenn seine Frau wüsste, worüber soeben im Antiquariat gesprochen wurde ... Andererseits war er jetzt 79 Jahre alt – und wieso nicht noch etwas Spaß erleben? Kurz darauf verabschiedete sich Nathalie bis zum nächsten Morgen um neun Uhr und überließ Herrn Meylan seinen Gedanken. Dieser ging früh zu Bett und träumte wild. Er träumte von einer Gruppenorgie, bei der er Zuschauer war. Er schaute zu, wie Sigmund Freud, der Marquis und Erich Kästner sich mit Nathalie vergnügten.

Um sieben Uhr stand er wie jeden Morgen auf und ging als Erstes zur Heizung. Ob sie noch gut funktionierte? Sein altes Herz klopfte mit neuer, frischer Kraft. Behände – so behände, wie das mit 79 Jahren möglich ist – eilte er die Treppe hinunter und wäre im Übereifer fast gestürzt. Er begann den Boden zu wischen. Nathalie sollte keine schmutzigen Füße bekommen, wenn sie barfuß durch die Buchhandlung schwebte. Was konnte er ihr sonst noch für Annehmlichkeiten bereiten? Frische Blumen! Genau! Der nächste Laden lag etwas weiter unten Richtung Stadt und würde erst um acht Uhr öffnen. Arnold Meylan war auf einmal 20 Jahre jünger, als er sich die Schuhe band und sich etwas später Richtung Blumenladen auf den Weg machte. Die Blumenverkäuferin kannte er schon seit langem.

„Blumen um acht Uhr?", fragte sie erstaunt. Dann lächelte sie und überreichte dem Antiquar Schnittblumen, die er selbst für Nathalie ausgesucht hatte: Schafgarbe, Bärenklau, Schmucklilien, Anemonen, Astern, Glocken- und Kornblumen.

Vorsichtig machte sich Herr Meylan auf den Weg zurück; er wollte sich das Abenteuer nicht durch einen Schenkelhalsbruch vermiesen. Gerade noch reichte es für eine Tasse Tee, als die Ladentür klingelte und Nathalie eintrat.

„Kommen Sie nur nach oben, ich bin hier."

„Die Blumen sind wunderschön", bedankte sich die Studentin und reichte Herrn Meylan die Hand. Dann wurde sie spürbar verlegen. „Ich weiß nicht mehr so recht ... wegen vorgestern ..., diese Idee mit dem Nacktauftritt ..., wenn jetzt jemand kommt, der mich kennt?"

„Ich werde Sie beschützen." Arnold Meylan wurde ganz Mann.

Dann endlich kam der lang ersehnte Augenblick. Nathalie zog sich ihren Pullover über den Kopf und gönnte dem Antiquar einen Blick auf ihren dunkelblau gemusterten BH. Als sie am Reißverschluss ihrer Jeans zog, glaubte der Alte, sein Herz müsse zerspringen. Wie lange war es wohl her, dass er eine nackte Frau in natura gesehen hatte? Er war seit über zehn Jahren verwitwet und vor ihrem

Tod war seine Gattin Elsbeth alles andere als ansehnlich gewesen. Nathalie streifte mit einer eleganten Bewegung ihre Jeans ab.

„Ich bin doch ein verrücktes Huhn, finden Sie nicht?" Sie fasste nach hinten und öffnete ihren BH.

Nathalies reizvolle kleine Brüste passten zu ihrem flachen Bauch. Ein Piercing funkelte einen halben Zentimeter oberhalb ihres Nabels. Herr Meylan starrte abwechselnd auf Nathalies Brüste und auf das kleine Piercing mit dem blau leuchtenden Stein.

„Das haben heute fast alle jungen Frauen", erklärte Nathalie. „Das Höschen möchte ich vorerst anbehalten, in Ordnung?"

Was heißt da Höschen, dachte Herr Meylan. In seinem Körper kochte das Adrenalin. Ein Fetzchen ist das, nur ein Fetzchen, das ihren Hintern kaum bedeckt. In der Tat: Nathalie war so gut wie nackt. Lächelnd ging sie zur Tür. Wenn ich doch nur jünger wäre, dachte Arnold Meylan und bewunderte Nathalies kleinen runden Po. Erst kam sich die Studentin seltsam vor – ihre Nacktheit wollte so gar nicht zu den ehrwürdigen Werken mit ihren wertvollen Goldschriften und Ledereinbänden passen. Andererseits – was war denn Leder anderes als Haut? Wer hatte diese Bücher hergestellt, wenn nicht – Menschen? Und all diese Menschen, zumeist Männer, waren wohl nie in einer kleinen, schummrigen Bar fremdgegangen, hatten nie einer Frau beim Duschen zugeschaut, heimlich durchs Schlüsselloch, hatten nie der Geliebten eine Kerze in den Arsch gesteckt, sie angezündet und so Weihnachten gefeiert, während zu Hause die Frau und die drei Kinder allein vor dem Tannenbaum gesessen hatten? Hatte keiner von ihnen – bereits vor dem Frühstück eine Erektion gehabt, geschwollene Brustwarzen gelutscht oder einer tiefreligiösen Inderin unter den Sari gegriffen?

Angesichts solcher Gedanken kam sich Nathalie harmlos vor. Was war denn schon dran an ihren hervortretenden Hüftknochen, dem hellen Schamhaar, das überdies vom Slip bedeckt wurde, dem funkelnden Piercing und den nackten Brüsten? Sie trat hinter den Ladentisch und ordnete die Blumen. Einige Passanten gingen vorbei und meditierten über dem Preis einer Sammlung von Kants Werken in der Auslage. Ein kleiner Junge zeigte auf Lederstrumpf – und dann auf sie! Das Schaufenster gab also, obwohl es überstellt war, den Blick hinter die Theke frei. Ein kleiner Junge hatte sie gesehen. Dann klingelte die Ladentür, und der Vater des Buben trat ein.

„Guten Tag! Ich hätte gern den Lederstrumpf im Schaufenster. Für meinen Sohn", fügte er erklärend hinzu. Auf einmal fühlte Nathalie sich nackter als sie tatsächlich war. Es blieb ihr ja keine Wahl, als hinter der schützenden Theke hervorzutreten, sich ins Schaufenster zu beugen und dem Kunden das Gewünschte zu verkaufen. Wenn's schon mal was zu verkaufen gab!

Zögernd ging sie auf ihn zu. Das war schon was anderes als die Drehbühne an der Langstraße, wo die Männer wegen nichts anderem kamen, als um Frauenkörper zu begutachten. Aber hier – verlegen bedeckte sie ihre Scham, obwohl sie ihr Höschen noch anhatte. Sie lächelte dem Mann zu, beugte sich ins Schaufenster und klaubte den verstaubten Lederstrumpf hervor.

„Ganz schön mutig, so Bücher zu verkaufen." Der Lederstrumpf-Käufer grinste breit, ließ sich sonst nicht viel anmerken und zückte die Brieftasche. Wo der alte Meylan wohl steckte?

Abermals klingelte die Ladentür. Herein kam ein düster aussehender Mann mit schwarzem Schlapphut und dunklem Raincoat.

„120 Tage von Sodom. Ich will dieses Buch", sagte er bestimmend und richtete seinen kalten Blick auf Nathalie.

„Jja, Moment, de Sade haben wir da!", sagte sie eifrig und verschwand im schützenden Halbdunkel der Bücherregale. Meylan tauchte auf.

„Hallo, Steve", begrüßte er den Kunden.

„Woher kommt die geile Kleine?", fragte dieser ohne Umschweife.

„Ooooch ..., eine Aushilfe. Mehr nicht", erklärte der Antiquar.

„Ich gehe jetzt nach hinten und sehe mir deine Pasolini-Raritäten selbst an."

Ohne eine Bestätigung abzuwarten, durchschritt Steve Blumer Arnold Meylans Antiquariat. Er stellte sich dicht hinter die suchende Nathalie.

„Kennst du diese Art Literatur überhaupt, Kleine? Sie handelt von bösen Männern, die kleine Mädchen und Jungs auf ein Schloss entführen und dann ..."

„Ja, ich kenne diese Literatur selbstverständlich", erwiderte Nathalie gleichmütig. „Zu den dekadenten Erzählungen einer alternden Nutte machen sie sich über die Kleinen her, und zwar systematisch. Nicht alles geschieht sofort. Die Entjungferung gilt als delikate Nachspeise und wird erst nach wochenlangen Quälereien zelebriert. Am Schluss werden die Kleinen auf einem Hinterhof verstümmelt." Nathalie schauderte.

„Du hast ja Hühnerhaut, Kleines, ist dir kalt?" Lässig legte Steve Blumer seine rechte Hand an Nathalies Hintern und ließ sie dort ruhen. Nathalie bewegte sich keinen Millimeter. Wohin auch? Dann spürte sie, wie der Kunde an ihren Pobacken herumtastete – mit einem Finger oder auch mit zweien, Nathalie war zu aufgeregt, um lange darüber nachzudenken. Dann rief Arnold Meylan beide zur Besinnung.

„He! Ihr befindet euch hier in einem Antiquariat und nirgendwo sonst", rief er ihnen zu. Steve Blumer räusperte sich, nahm das gesuchte Werk an sich und machte sich auf den Weg zur Kasse. Nathalie war hin und her gerissen zwischen Schreck und Erregung. Ja, da war auch Erregung im Spiel. Was, wenn der alte Meylan nicht gerufen hätte? Der Mann mit dem dunklen Hut hatte eine Bestimmtheit an sich, die keine Widerrede duldete. Nathalie mochte solche Männer, obwohl sie sich das nie eingestanden hätte.

Dann war Zeit für die Teepause. Nathalie hatte sich mittlerweile ganz ausgezogen. Arnold Meylan stand neben ihr und kramte in einem Bücherregal.

„Kennst du Theodor Storm gut? Ich meine nicht nur den Schimmelreiter – von Theodor gibt es noch ganz andere Poesie –, die Poesie der drallen, herben, norddeutschen Schönheiten, die sich in verwahrlosten Kaschemmen herumtreiben und noch wahre Lust empfinden können. Wahre, ungetrübte, tiefe Lust."

Endlich hatte er das gesuchte Buch gefunden und begann zu lesen. Seine Stimme bebte. Mit leisem Ton rezitierte der Antiquar Storms Poesie auf eine Weise, die Nathalie augenblicklich gefangen nahm. Sie vergaß ihre Nacktheit und merkte nicht einmal, dass ein winterlicher Sonnenstrahl, der sich durchs verstaubte Schaufenster stahl, ihr Schamhaar zum Leuchten brachte. Die beiden standen dicht nebeneinander. Für Arnold Meylan war die Situation intimer, als wenn er Nathalie berührt hätte. Diese kleinen, neckischen Brüste! Das frisch gewaschene und gekämmte Haar! Der Schalk in ihren Augen! Dieser junge, flache Bauch, der sich hob und senkte! Die feinen blonden Härchen um den Bauchnabel! Die literarischen Hüftknochen! Ihr Vlies, das sich nach einer tastenden Männerhand sehnte!

Sehnte Nathalie sich wirklich nach einer tastenden Männerhand? In dieser Beziehung hatte sie schon so viel erlebt, dass ihr nach anderen Werten zumute war. Wie viele Züricher Banker, reisende Japaner, Fernfahrer und Dozenten hatten ihre Muschi schon ertastet? Wie viele hatten schon versucht ihre Zungen zwischen Nathalies Lippen zu zwängen? Wie viele hatten, rasend vor Lust, ihre Brüste in der Annahme geknetet, das mache sie geil? Wie viele Konditoren, Musiker und Ärzte hatten schon ihre Pobacken gespreizt – wohl in der Hoffnung, da etwas anderes zu finden als zu Hause bei ihren Frauen?

Nathalie meinte die Männer zu kennen. Auch für sie war dieser Augenblick an der Seite von Arnold Meylan viel sinnlicher als all die bezahlten Tast- und Greiforgien, denen sie sich in den letzten Jahren unterzogen hatte. Wie er las! Seine Stimme bebte vor Erregung, und immer wieder schielte er zur Seite – auf Nathalies Körper. Sie öffnete ein wenig die Beine. Was wollte der alte Mann sehen? Möglicherweise war sie ja die letzte Frau in seinem Leben ...

Bei diesem Gedanken begann sie sich zu streicheln – erst nur ihre Härchen, dann berührte sie mit spitzen Fingern ihre Schamlippen. Ihre Hand kreiste – langsam, genussvoll. Sie hatte Zeit. Spielte es in ihrem Leben eine Rolle, was sie vor dem alten Mann machte? Selbst wenn die Bücher um sie herum Augen hätten: Würde das etwas ändern? Gab es irgendwo auf der Welt einen reifen Mann, der noch keine masturbierende Frau gesehen hatte? Nathalie ertastete ihre Klitoris. Ihre Knie wurden weich; sie stand ja noch immer, halb ans Bücherregal gelehnt.

Meylan verlangsamte den Sprachrhythmus, unterbrach seine Erzählung aber nicht. Mit der Rechten streichelte Nathalie ihren Bauch. Das Piercing funkelte. Mit der linken brachte sie ihr Geschlecht zum Glühen. Sie tat es für den alten Mann, der immer langsamer und leiser sprach und seinen Blick nur noch schwer von ihr abwenden konnte.

Ihre Brustwarzen waren derart steif. Wie kleine Pilze wirkten ihre Nippel im diesigen Licht des Antiquariats. Meylan ließ den Blick an ihr hinunterwandern – zu den Schenkeln, den Knien, den Füßen. Ihre Nägel waren schimmernd lackiert. Wie alt Nathalie wohl sein mochte? Meylan begab sich auf eine Gedankenreise.

„Nathalie ... verwöhnt auch Sie ...“ Studentin? Gleichzeitig Nutte? Dieses verdammte, ungezogene Luder! Sie vögelte sich doch ganz einfach durch auf dem Weg zu akademischen Lorbeeren! Hatte sie das kurze Zusammensein mit Steve Blumer genossen? Waren auch schon zwei Männer gleichzeitig in ihr gewesen? Jetzt onanierte sie in seiner Anwesenheit! Er hatte zwei Weltkriege miterlebt, zumindest die Folgen davon, hatte den Kalten Krieg überstanden, sah die Schweiz im Schatten der amerikanischen Hegemonialmacht allmählich untergehen, selbst Yassir Arafats Licht war am Erlöschen – und da stand eine junge intelligente Frau in seinem Antiquariat, stöhnte leise und befriedigte sich mit geschicktem Fingerspiel. Arnold Meylan konnte nicht mehr anders: Sanft schob er Nathalies linke Hand zur Seite und übernahm das Streicheln an dieser heißen, feuchten Stelle, von der ein beträchtlicher Teil der Weltliteratur bis heute angetrieben wird.

Draußen schneite es noch immer.

Doris und die Stones

Doris wusste, dass sie es an jenem Oktoberabend tun würde – vorausgesetzt, es blieb warm genug. Sie betrachtete sich nochmals im Spiegel, bevor sie sich auf den Weg zum Züricher Letzigrund-Stadion machte. Sie mochte die Rolling Stones nicht besonders, stand eher auf Britpop-Bands. Hierzu kann man die Stones ja nun wirklich nicht zählen –, obwohl sie zusammen mit den Beatles den Britpop mitbegründet haben.

Der blaue gerippte Pulli stand Doris ausgezeichnet zu Gesicht. Die Stromlinienform des Musters brachte ihre sportlichen Brüste zur Geltung; der Pferdeschwanz, zu dem sie ihr schwarzes Haar straffte, war das Tüpfelchen auf dem i. Doris war mit einem ehemaligen Schulkollegen, den sie seit Jahren nicht mehr gesehen hatte, verabredet.

Damals hatte sie Christian gemocht – sehr sogar. Ob er sich verändert hatte? Motorräder beeindruckten sie heute nicht mehr, zerrissene Jeans auch nicht. Christian brachte aber mehr rüber als nur das.

Sie wusste es sofort, als sie ihm mitten in der Menschenmenge vor dem Stadion gegenüberstand. Sie hatte ihn augenblicklich wiedererkannt. Diese markante Nase, die grünen Augen. Noch immer diese Locken, die sie schon damals fasziniert hatten. Christian trug eine enge Lederhose und ein schwarzes T-Shirt mit dem feuerroten Stones-Emblem.

„Hey, Dorä!" Mit langen Beinen stakste Christian auf Doris zu. Kurz blieben seine Augen an den ihren haften, dann glitt sein Blick an ihr hinunter. Für den Bruchteil einer Sekunde fühlte sie sich nackt.

Christian glühte in Vorfreude aufs Konzert. Ihr gegenüber verhielt er sich absolut cool – wie früher. Das machte sie kribblig. Möglichst unauffällig rückte sie ihr Höschen zurecht, das ihr zwischen die Pobacken gerutscht war. Doris trug ihre neuen Stiefel und ein leichtes Röckchen, das ihre Schwester – ihres Zeichens Designerin – ihr geschenkt hatte.

„Donnerwetter, du bist ja noch schöner als früher!“, entfuhr es Christian.

Schalkhaft blinzelte er ihr zu. Er kannte jede Menge Leute hier – im Gegensatz zu Doris. Für ihre Kollegen war das Konzert zu teuer; die Stones verlangten Spitzenpreise.

Einen ewigen Augenblick lang berührte ihre Hand Christians Hose – an der Seite. Doris war nervös. Von weitem waren die Lovebugs zu hören, eine mutige Schweizer Formation, die sich als Vorgruppe positionierte.

Doris gingen ihre Masturbationsträume durch den Kopf, all die Gedanken, zu denen sie sich wegen Christian gestreichelt hatte – früher. Beim Duschen hatte sie sich ihn vorgestellt, wie er sich einseifte. Sein Schwanz war unter dem Schaum nur zu erahnen, aber das hatte Doris gereicht. Immer inniger hatte sie sich gestreichelt, Nacht für Nacht. Christians knackiger Fußballerhintern, Christian, der in der Band spielte, Christian, der ihr einmal die Füße massiert hatte, nur so zum Spaß. Viele dieser kleinen, heimlichen Orgasmen vor dem Einschlafen hatte sie ihm – respektive der Projektion auf ihn – zu verdanken. Schweigend gingen sie nebeneinander her, besser gesagt: Sie wurden gegangen – von der Menge hinter ihnen. Am Essstand ergatterte Christian einen Reisteller für sie und offerierte ihr ein Bier.

„Der Joint kommt später“, lachte er.

„Habe selber einen dabei“, konterte Doris und wies auf ihre Brusttasche.

Dann machten sich die beiden auf den Weg ins Stadion, vorbei an den gleichgültig dreinblickenden Jungs vom Sicherheitsdienst. Langsam füllte sich der riesige Raum; ein paar Abendwolken gaben ein malerisches Bild ab. Mit Regen dürfte heute Abend wohl kaum zu rechnen sein.

Christian drängte nach vorn; Doris war geschickter als er. Blitzschnell ortete sie Lücken, kurvte um die Leute herum und zog Christian hinter sich her.

„Ich will zur Mittelbühne“, schwärmte er, „da kommen die Stones etwa in der Halbzeit hin, ganz bestimmt!“

Er wurde zum kleinen Jungen; Doris machte ihm die Freude und ortete die umzäunte kleine Bühne, auf der nebst ein paar Mikrofonen ein minimal bestücktes Schlagzeug stand. Sicherheitsbeamte wuselten hin und her. Dieser runde Christianhintern ...

Mein Gott, dachte Doris – und nur das: mein Gott! Mit Wonne erinnerte sie sich an die Fußmassage.

„Die Lovebugs haben ja doch schon einige Hits“, kommentierte Christian nebenbei. Der Zeiger rückte gegen acht Uhr. Die Umbaupause dauerte an; zwischen dem Dröhnen der Musik schilderte Doris in wesentlichen Zügen ihr Leben, die große Lücke zwischen dem Schulabgang und dem bevorstehenden Konzert. Fünf Jahre waren seit einer Klassenzusammenkunft vergangen; Doris arbeitete mittlerweile als Krankenschwester in einem Pflegeheim, was ihr wegen der selbstgefälligen Seniorinnen und Senioren nicht immer leichtfiel. Christian war noch immer an der Uni – eher ziellos, wie ihr schien.

Die Leute hinter ihnen drängelten; da waren mindestens drei Generationen zugange; sogar eine ältere Dame im Rollstuhl war neben der Mittelbühne auszumachen.

„Das ist bestimmt so ein Trick, damit sie einen guten Platz kriegt“, nuschelte Christian. Doris lachte und stellte sich vor, wie sich die Alte nach dem Gig aus dem Rollstuhl erheben und sich von dannen machen würde.

Doris und Christian standen jetzt dicht gedrängt. Sie fühlte die Kontur seines Hinterns an ihrem Bauch, presste ihre Brustspitzen an seinen Rücken. Ein Wonnegefühl stieg in ihr hoch. Sie konnte Christian ganz nah sein, ohne aufzufallen. Ob er sie überhaupt wahrnahm? Er freute sich auf Keith Richards, möglicherweise war sie ihm sogar völlig egal. Doris schauderte. Was wollte sie eigentlich? Ihn rumkriegen? Von Männern hatte sie die Schnauze voll – wieso also ausgerechnet Christian, diesen Aufschneider von früher mit seiner geklauten Harley und den zerfetzten Jeans?

Doris wollte nur diese eine Nacht. Da war die erregende Menge von 50 000 Zuschauern. Nein, nicht ihr würden sie zuschauen, sondern den Stones. Ihren kleinen, heimlichen Orgasmus würde niemand bemerken – nicht einmal Mick Jagger. Den kleinen, heimlichen Orgasmus, den sie sich auf Christians Kosten beschaffen würde. Ein wenig feucht war sie ja schon, hatte auf dem ganzen Weg zum Stadion gefiebert, sich in einen kleinen Frauentraum hineingesteigert. Mit einem leisen Seufzer schmiegte sie sich an Christian.

„Heeey, du ...", hörte sie ihn röhren. Ausweichen konnte er nicht. Vor ihm war der Sicherheitszaun.

„Musst dich etwas entspannen, Doris", wandte er sich plötzlich an sie und reichte ihr seinen Joint. Doris sog kräftig daran. Zwei Minuten später gingen die Scheinwerfer aus; das Publikum kreischte. „Brown Sugar!" Die Stones waren da. Allmählich wurde auch Christian aktiv, hatte wohl nur auf die sich herabsenkende Dunkelheit gewartet.

Gebannt starrten die 50 000 nach vorn, als Christian sich kurz umdrehte und Doris an sich zog. Eng umschlungen standen die beiden da; Doris von den Stones abgewandt, wohl als Einzige hier, wenngleich auch nur für einige Minuten. Christian fühlte ihre festen Brüste, schmiegte sich an sie und sie sich an ihn. Er bugsierte sie vorsichtig zum Sicherheitszaun. Spätestens bei Midnight Rambler hielt es Doris kaum mehr aus. Christian rieb sich an ihrem Hintern; sie meinte, jede kleinste Erhebung seiner Jeans zu spüren. Mick Jagger brachte es wirklich ...

„Neben ihm wirkt jedes Insekt wie ein Nilpferd", entledigte sich Christian seines geistreichen Kommentars. Längst schon hatte er sich unter ihren Pullover getastet, längst schon streichelte er ihren nackten Bauch. „Kein Piercing, hm?", flüsterte er ihr ins Ohr. Auf den gigantischen Screens waren jetzt Keith Richards und Ronnie Wood mit ihren riesigen Mäulern zu sehen. Die grinsten breit; Richards sog an einem gigantischen Joint – und das in einem Land, das Kiffen bis heute unter Strafe stellt – es sei denn, man hieß Keith Richards.

„Gibst du mir mal dein Gras?", flüsterte Christian heiser.

„Ist aber viel THC drin", gab Doris zurück und nestelte an ihrer Jackentasche. Geschickt drehte Christian eine Knille, die vorn sehr, sehr breit war und steckte sie an. Abwechselnd sogen er und Doris an der verbotenen Droge. Auf der Bühne tat es Keith ihnen gleich – und dann war es so weit:

Darryl Jones, Charlie Watts, Ron Wood, Mick Jagger und Keith Richards staksten über einen langen Laufsteg zur Mittelbühne. Drahtig präsentierte sich Jagger. Drahtig, präzise und charismatisch – genau wie seine Mitmusiker, mit denen er schon so lange unterwegs war. Bei Little Red Rooster geschah es. Doris fasste sich ein Herz und zog ihren Jupe etwas hoch, bückte sich nach vorn, hielt sich am Sicherheitszaun fest. Die Leute starrten gebannt auf den strahlenden Charlie Watts, und keinem fiel auf, dass Christian sich an sie drängte und sich in sie zwängte. Sie mussten vorsichtig sein, sehr vorsichtig. Exzessive Bewegungen waren nicht möglich, nur ein leichtes, inniges Ruckeln.

Doris biss sich auf die Lippen, um nicht loszustöhnen. Mit glitzernden Augen starrte Jagger in diesem Moment durch sie hindurch. Ein wahrhaft mephistophelischer Blick ... *sympathy for the devil!* Noch immer *Little Red Rooster,* Ron Wood an der Slide Guitar. Der kleine rote Hahn stand hinter Doris und besorgte es ihr im Stehen.

Dann kam Keith Richards auf sie zu; beinahe hätte sie seine Schuhe berühren können. Er wirkte, als wäre er kurzsichtig – aber eine Brille oder gar Linsen konnte sich der Mann in seiner Position keinesfalls leisten, der Arme! Als Face of Rock 'n' Roll hatte er in dieser Hinsicht nur beschränkte Möglichkeiten. Unter dem Pulli machte Christian sich an ihrem BH zu schaffen, ertastete ihre kleinen, harten Brustwarzen. Ein Muddy Waters Cover – gut wie nie!

Christian rieb – mit Zeigefinger und Daumen. Doris schmolz. Vorsichtig stieß er in sie, einmal, noch einmal und noch einmal. Tiefer hätte er nicht in sie dringen können; Doris zog ihre Scheidenmuskeln zusammen. Bloß das Höschen störte etwas. Doris wimmerte leise, Christian keuchte.

Viele im Publikum johlten, erlagen der besten Rock 'n' Roll Band aller Zeiten.

Doris stellte sich geschickt an. Der Blick eines Sicherheitsbeamten streifte sie. Doris' fiebriger Gesichtsausdruck ließ ihn aber keinen Verdacht schöpfen. Als eine Applauswelle über die Stones hinwegbrandete, war sie so weit.

Sie bebten vor Spielfreude.

Doris und Christian bebten auch; in Wellen spürte sie sein Ejakulat. Dann geschah Unerwartetes: Jagger schleuderte seine weiße Seidenjacke ins Publikum. Christian vergaß alles, sogar Doris. Er stürzte sich, so wie hundert andere, gierig auf den Fetisch. Peinlich berührt rückte Doris ihr Röckchen zurecht. Ihr Unterleib pochte.

Kurz darauf stand Christian keuchend neben ihr, einen abgerissenen Ärmel von Jaggers Seidenblouson vor sich hertragend.

Meine kleine Schwester

Aufgewachsen sind Jana und ich in einem kleinen griechischen Dorf, in dem jeder über jeden so ziemlich alles weiß.

Jana ist jung, jünger als ich, gerade 18 Jahre. Das macht mich gelegentlich neidisch. Im Gegensatz zu mir ist Jana ganz Griechin: eine schlanke Figur, tiefschwarzes, schulterlanges Haar und ein klassisches Gesichtsprofil zeichnen sie aus und machen sie für die hiesigen Männer begehrenswert.

Was Laetitia Casta für viele Franzosen sein mag, ist meine Schwester für die Männer in unserem kleinen Heimatdorf auf Zakynthos. Sie ernähren sich von dem, was die kargen Felder hergeben, leben vom Fischfang und vom Tourismus und haben vor allem eines: viel, viel Zeit. Zeit, meine Schwester und mich zu beobachten. Sie tun das, seit wir auf der Welt sind.

Ich bin später nach Athen gezogen, habe dort mein Abitur geschafft, um dann in der Schweiz und in Deutschland Sozialpsychologie zu studieren. Jana ist bis heute auf Zakynthos geblieben. Ihr Herz gehört dieser Insel, die ganz in der Nähe von Ithaka, Odysseus' Geburtsort, liegt. Jana lebt in relativer Armut und kann gerade so viel lesen und schreiben, dass sie die Abrechnungen in der kleinen Dorfkneipe, in der sie auch ihren unwiderstehlichen griechischen Salat unter die Leute bringt, machen kann. Lammspieße, Salat, Retsina. Darauf fahren die Touristen ab. Sie lieben dieses griechische Essen. Das Essen und Jana. Sie wird mit Komplimenten überhäuft, mit verstohlenen oder unverhohlenen Blicken verwöhnt. Zuerst konnte ich es nur schlecht verkraften, dass sie hier und da einem Touristen zu Willen ist, irgendwann nach Mitternacht.

„Weißt du", hat Jana vor kurzem lächelnd zu mir gesagt, „ich mag das – ich lebe in zwei Welten. Tagsüber bin ich die arbeitsame Frau, die das tut, was die Familie erwartet. Wenn der Abend dämmert, bin ich Verführung. In der Stunde nach Mitternacht aber werde ich zur liebenden Frau, die alles gibt und alles nimmt." Mein Stirnrunzeln hat sie geflissentlich übersehen und sich lachend entfernt. Ihr betörendes Parfum hing im Raum. Schon immer habe ich meine Schwester beneidet. Mittlerweile bin ich zwar eine gut verdienende Akademikerin und kann mir Dinge leisten, von denen Jana nur träumt, aber sie trägt eine flammende, nie versiegende Glut im Herzen: die Liebe zum Leben. Ich liebe schreibend, Jana aber lebt.

Eines Abends war es so weit: Ich befand mich kurz vor meiner erneuten Abreise in die Schweiz – noch einmal schlenderte ich durch den Pinienwald ans Meer, fühlte den warmen Sommerwind im Gesicht – und wurde von tiefer Melancholie erfasst. Von Zakynthos nach Basel ... Was für unterschiedliche Welten sich da in mir miteinander verbanden! Nur einmal wollte ich teilhaben an Janas Lust, wollte heimliche Beobachterin sein und mitfühlen, wenn ein Reisender meine geliebte Schwester verwöhnte.

Ich kannte die geheimen Plätzchen, die Jana nach Mitternacht mit ihren Liebhabern aufsuchte. Es gab drei Möglichkeiten. Die eine lag direkt hinter unserer kleinen Kneipe, die zweite auf einer kleinen Anhöhe mitten im Wald und die dritte direkt am Meer. Ich suchte diese Stellen auf und stellte mir vor, wie die Männer meine geliebte Jana küssten, sie leidenschaftlich umarmten und mit kurzen, kräftigen Stößen in sie eindrangen.

In jener Nacht verabschiedete ich mich frühzeitig unter dem Vorwand „Migräne" von meiner Familie und versteckte mich hinter dem Haus. Es war warm – ein griechischer Sommerabend. Ein Nana-Mouskouri-Abend, hätte Jana jetzt gesagt. Kurz vor Mitternacht, ich hörte das Klappern des Geschirrs, das jetzt abgeräumt wurde. Dann war es still.

Die zwei Schatten entdeckte ich eine halbe Stunde später. Sie bewegten sich in Richtung Wald. Ich huschte von Baum zu Baum; der Mond erhellte den Weg vor mir. Ich musste höllisch aufpassen, dass meine Schwester und ihr Begleiter mich nicht entdeckten. Wie anmutig die beiden vor mir sich bewegten! Zwei Gazellen. In

Zakynthos gibt es höchstens Schildkröten, die sind aber nicht anmutig. Innerlich musste ich über meine Situation lachen und war gleichzeitig befremdet. Was machte ich da? Was ging mich an, was meine Schwester hier tat? Sie war ja schon 18 Jahre alt.

Die beiden Gestalten vor mir erklommen die Anhöhe. Es duftete nach Pinien. Ich hielt einen Moment inne und suchte meinen Beobachtungsposten. Am Nachmittag hatte ich vorsondiert; zielstrebig ging ich auf ein dichtes Buschwerk zu. Der Mond erhellte die Plattform vor mir. Beinahe hätte ich einen überraschten Schrei ausgestoßen. Die Gestalt neben meiner Schwester war eine Frau. Gertenschlank und etwas größer als Jana. Sie war blond und trug ein langes schwarzes Abendkleid.

„Frierst du?“, hörte ich Jana sagen.

„Mmmh“, erwiderte die andere, während sie sich ihres Jäckchens entledigte. Die beiden küssten sich leidenschaftlich. Es war totenstill. Ab und an hörte ich ein leises Geräusch, wie es nur beim Küssen entsteht, so nahe war ich dran. Anita, die Voyeurin. Meine Knie wurden weich. Was die Frauen miteinander trieben, ging weit über meinen Vorstellungshorizont hinaus. Die beiden rieben ihre Körper aneinander. Dann schob Jana ihrem Gegenüber die Träger des Kleides über die Schultern. Ihre Liebespartnerin trug ein Collier, das bei bestimmten Bewegungen funkelte. Sie warf den Kopf zurück und Jana küsste ihren Hals. Bald darauf liebten sich die beiden mit nacktem Oberkörper. Jana rieb ihre Scham am Oberschenkel der Liebhaberin, während diese liebevoll den Busen meiner Schwester knetete. Diese schlichte Romantik, der Duft der Pinien, das entfernte Meeresrauschen. Die perfekte Kulisse zu einem Kitschfilm mit meiner begehrenswerten Schwester in der Hauptrolle. Jetzt erst verstand ich all die Männer, die ihr nachstarrten, als wären sie schwachsinnig. Jana wirkte wie eine der zahlreichen Göttinnen, die auf dem Parthenon oder in einem der anderen zahllosen Tempel zu finden sind. Nike, Aphrodite oder Nausikaa, eine von Odysseus' Verführerinnen: geheimnisvoll, unnahbar, aber alle Sinne weckend.

Jana hat etwas kleinere Brüste als ich; im Mondlicht wirkten sie milchig-weiß und rund. Ihr langer Hals und die geschwungenen Schultern betonten ihre Eleganz, ihre im Verhältnis dazu eher breiten Hüften ihre Anmut.

Die Blonde küsste Janas Busen – wieder und wieder – und ging dann in die Knie. Sie befreite Janas Füße von den Sandalen und begann, ihre Zehen abzulutschen, einen nach dem andern. Jana kicherte und sagte: „Das ist schön." Woher konnte meine kleine Schwester plötzlich Deutsch? Hatte ich sie unterschätzt? Die Blonde schob Janas Kleid bis über die Knie hoch und verschwand mit ihrem Kopf in Janas Unterwelt. Das Bild war eindrücklich: Da war diese von Pinien gesäumte Lichtung, das diffuse Mondlicht – und direkt vor mir stand meine Schwester. Zu deren Füßen kniete eine Frau, die sich jetzt an Janas Oberschenkeln hochtastete, -leckte, -küsste und -kitzelte. Jana presste ihre Lippen zusammen und bog sich nach hinten. Sie wirkte wie ein gespannter Pfeil und zugleich federleicht. Ihre Brüste schenkte sie der Nacht. Sie spreizte die Beine und öffnete sich der Frau unter ihr. Ich selbst wurde feucht. Dieser Anblick war zu viel für mich.

Ich öffnete meine Jeans und schob die rechte Hand in meinen Slip. Ich spielte sachte, aber inständig mit mir. Ich kniete mich hin und streichelte meine Brust mit der Linken. Mit kreisenden Bewegungen ertastete ich meine heiße Muschi und beobachtete die Erregung meiner Schwester. Die Blonde kam unter Janas Kleid hervor und keuchte.

„Zieh dich ganz aus!", befahl sie in energischem Ton und half Jana aus ihrem Kleid. Jana trug einen Seidenslip; die Blonde bearbeitete jetzt die Pobacken meiner Schwester. Dann riss sie sie auf den Waldboden. Kurz darauf waren beide Frauen nackt und wälzten sich auf der Erde. Die Blonde vollführte rhythmische Zuckungen und bewegte sich auf meiner Schwester, die all das erwiderte. Dann wechselten die beiden die Stellung und saugten sich aneinander fest, Muschi an Muschi. In diesem Moment kam es mir. Nur mit Mühe unterdrückte ich ein Stöhnen. Ich war Zeugin von Janas bestgehütetem Geheimnis geworden. Frauenliebe wird in Zakynthos noch heute geächtet, obwohl viele Einwohnerinnen wissen: Es gibt sie, diese andere Form der Erfüllung.

Krampusse

Eine Geschichte für alle, die noch nicht ganz im 21. Jahrhundert angekommen sind und noch irgendwo zwischen Nikolausbärten, Christbaumkugeln und Nordmanntannen des vergangenen Jahrtausends hängen. Der Krampus (von altdt. Krampen = Kralle) ist im alpenländischen Adventsbrauchtum und auch in Ungarn und Teilen Kroatiens eine Schreckgestalt in Begleitung des Heiligen Nikolaus und meist auch des so genannten Körbelträgers oder Waldmannes. Oft wird der Krampus mit Knecht Ruprecht gleichgesetzt, wobei aber kleine Unterschiede zwischen diesen beiden Figuren bestehen (...)

Im Land Salzburg gab es einen Männerfriseur, dem es höchste Lust bereitete, in seinem kleinen Betrieb junge Frauen anzustellen. Sein Herz pochte heftig, wenn er Mädchen beim Haareschneiden und Frisieren beobachtete Als Chef musste er dies schon von Berufs wegen tun.

Das Ladenlokal war alt. Das Inventar stammte aus den frühen fünfziger Jahren. Stets roch es streng nach Haarfestiger. Die Jugendarbeitslosigkeit war aber groß und die Frauen waren glücklich, überhaupt eine Anstellung gefunden zu haben. Sie mussten dunkle Stretchhosen und Blusen tragen, weil Herr Edgar, wie sie ihren Vorgesetzten nennen mussten, darauf stand. Rita, Melissa und Gaby sahen darin kein Problem, hätten sie sich doch außerhalb des Salons genau so angezogen. Ganz anders Eliane: Ihre ausladende Figur wollte überhaupt nicht in die vorgeschriebene Uniform passen.

„Na, Wabbelpo“, wurde sie von Herrn Edgar, schlimmstenfalls direkt vor der Kundschaft, provoziert.

Edgars Salon besaß einen einen ausgezeichneten Ruf; selbst aus Salzburg reisten betuchte Geschäftsherren in die kleine neblige Enklave im Land Salzburg, um sich von „Edgars Mädchen“ eine frische Rasur verpassen oder sich das Haar schneiden zu lassen.

Es war Dezember, und ein eiskalter Winter pochte an die Tür – und nicht nur das: Gevatter Tod trieb seine bösen Späße und holte in derselben Nacht Mutter Hermine, die stets so leckere Pfannkuchen buk, den Blöden Sepp, den man erst vermisste, als er nicht mehr da war, und Pater Leo. Die kleine Kirche war jetzt verwaist; in der verbleibenden Zeit bis zum Heiligabend würde kaum Ersatz gefunden werden können. Ja, und die kleine Salzburger Enklave war ein Hort der Krampusse.

Im Hosenanzug aus Ziegenfell, mit Hörnern und Ketten bewehrt, trieben sie alljährlich ihr Unwesen und ließen nicht nur eingeschüchterte Kinder und alte Leute zurück, sondern raubten gar die wohlbehütete Jungfräulichkeit der einen oder andern Bauerstochter.

Es war Freitagnachmittag, fünfter Dezember, Schlag drei Uhr, als mit lautem Getöse die Tür zu Edgars Friseurschuppen aufging und drei wild aussehende Krampusse auf den fleckigen Wartesesseln neben der Garderobe Platz nahmen. Wild ließen sie ihre Blicke umherschweifen. Ihre Ausdünstungen waren in erster Linie alkoholischer Natur, ihre Hände, ja vielmehr Pranken, zitterten aber nicht. Ruhig lagen sie auf den ziegenfellbekleideten Knien, die Füße hatten festen Bodenkontakt. Nur ihre Augen waren lebhaft und suchten Wände, Spiegel, Haarlackfläschchen, Rasierpinsel und Kölnisch-Wasser-Behälter ab. Endlich kamen die Blicke der drei Krampusse auf Elianes Botticelli-Hinterbacken zum Ruhen. Ihre Augen verengten sich zu schmalen Schlitzen, als gelänge es ihnen auf diese Weise, sie scharf zu stellen. Eliane spürte die Blicke in ihrem Rücken, war es aber mittlerweile gewohnt, Objekt der Begierde zu sein, obwohl sie sich selbst überhaupt nicht gefiel.

„Die nehmen dir ja nichts weg", bemerkten ihre drei Kolleginnen zu solchen Gelegenheiten lachend, „die schauen ja nur".

„Jaja, die schauen ja nur."

Als Eliane sich hinter den mächtigen Friseurstuhl stellte, um ihrem Kunden Haarfestiger einzumassieren, konnten die drei

Krampusse sie im Profil bewundern. Die Brüste! Elianes reizvolles Bäuchlein. Die kräftigen Oberschenkel. Hans-Erwin, der Mittlere, röchelte vor Geilheit. Donnerwetter, das würde ein Nikolaustag werden am Samstag. Literweise würde er heißen Honigwein in sich hineinkippen, Brezeln verdrücken und die böse Friseuse, wie er sie im Geist nannte, übers Knie nehmen – mit nacktem Hintern versteht sich – und seine schwere Bauernhand immer wieder auf sie herniedersausen lassen ... natürlich im Beisein seiner drei Komplizen. Denn ohne Kameradschaft macht Derartiges doch überhaupt keinen Spaß ...

Mit einem Augenzwinkern komplimentierte Edgar den Alten Hans auf einen leeren Stuhl, um Hans-Erwin kümmerte sich Melissa. Ihr neckischer Ausschnitt ließ des Krampus' Hals fast austrocknen. Er hustete und fuhr sich mit der Zunge über die Lippen. Er wusste, dass Melissa unter ihrer engen Hose einen String trug. Diese modernen Frauen! Die Unterbekleidung würde eines Tages noch ganz verschwinden.

Er erinnerte sich an die dicken Leinenunterhosen seiner Jugend, die Mutter über einer Wäscheleine auf dem Dachboden zum Trocknen aufgehängt hatte. Unterhosen wie Zelte waren da dabei; seine Mutter hatte an die hundert Kilo gewogen, als sie dann unvermittelt an einer Lungenentzündung starb. Ja, in den Siebzigern war die weibliche Unterbekleidung dann etwas knapper geworden, in den Achtzigern noch knapper – und jetzt diese Strings, die kaum mehr etwas verbargen und schon gar nicht wärmten. Also warum nicht gleich nackt? Lüstern schielte er nach Eliane, die sich anschickte, den Langen Bertl zu rasieren. Welch ein Aaaarsch! Was für leckere Pfannkuchentitten, zwischen denen er am Nikolaustag seinen Schwanz abreiben würde! Der Alte Hans, Hans-Erwin und der Lange Bertl waren jetzt die einzigen Kunden. Sie forderten die volle Aufmerksamkeit der drei Fachleute, die rasierten, wischten, schnipselten und parfümierten. Irgendwie roch es nach Ziege.

Mit kräftigem Handschlag verabschiedeten sich die drei Krampusse eine halbe Stunde später von Edgar – und nur von ihm. Dieser steckte Hans-Erwin einen Zettel mit Elianes Anschrift zu und vorbei war der Spuk.

Tags darauf ging es schon gegen Abend. Mit aller Macht war der Winter just an jenem sechsten Dezember über die kleine Enklave hereingebrochen. Wasserleitungen waren geplatzt, Heizungen standen still. Glücklich, wer vorgesorgt und Holz in seiner Stube aufgeschichtet hatte, doch für ewig würde das auch nicht reichen.

Eliane stand halbnackt vor ihrem Spiegel und war ob ihrer Orangenhaut am Oberschenkel genervt. Wenn diese tumben Männer bloß wüssten ... Im Grunde war sie überhaupt nicht prüde. Sie schämte sich ja bloß, dass sie in Edgars Salon in den engen Klamotten ihre Figur derart preisgeben musste. Aber in Eliane köchelte verhaltene Leidenschaft, ein kleines Feuerchen, das bisher allerdings keiner zu einem Flächenbrand zu entfachen vermocht hatte. Viel fehlte aber nicht. Den Nikolaustag würde sie keinesfalls allein verbringen. Sie würde sich mit ihren drei Kolleginnen in den paar verwinkelten Sträßchen amüsieren und vor den Krampussen davonrennen. Sollte sie doch einer packen! Aber diesen Gedanken ließ sie nicht ganz an sich heran, als sie den BH unter ihre schweren Brüste schob und seufzte. Sie war die Einzige der drei, die allein in einem kleinen Hexenhaus lebte. Die andern hatten sich in Bauernfamilien eingemietet. Das Häuschen bot keinerlei Luxus – außer dem bestimmt hundertjährigen Steinkamin, der den kleinen Raum, in dem sie sich jetzt umzog, angenehm wärmte.

Hans-Erwins Herz schlug bis zum Hals. Im Grunde war er ein guter Kerl, ein wenig verwildert und mit seinen 47 Jahren enttäuscht von dem, was das Leben ihm bisher geboten hatte. Mit der soeben verstorbenen Mutter Hermine hatte er ein gutes Verhältnis gehabt, mit ihr hatte er über alles reden können. Mit einem leisen Glücksgefühl in der Brust hatte er sich einmal pro Woche bei ihr mit Pfannkuchen eingedeckt, um sie sich dann zu einer Kachel mit warmer

Milch am rot-weiß karierten Tischtuch schmecken zu lassen.

Aber jetzt war er auf dem Weg zu Elianes Kabäuschen. Heirassa! Krampusse in einem Dorf ohne Pfarrer sind wie ein Orkan in einem verschlafenen Touristenkaff wie dem schweizerischen St. Moritz. Niemand rechnet mit etwas wirklich Bösem, die Zuchthunde scheißen mit stumpfem Blick auf den Gehsteig, pelzbewehrte Damen mit arthritischen Hüften nippen irgendwo an einem Prosecco und dann ... – zack! – reißt ihnen ein Windstoß das Champagnerglas aus den Fingern und fetzt ihnen den Hermelin vom dürren, wertlosen Leib. Der Orkan wütet in St. Moritz.

Die Krampusse wüteten in der kleinen Enklave im Land Salzburg. Hemmungslos droschen sie mit ihren Ketten auf den Schnee ein, der sich vor ihren Füßen türmte, soffen fast ununterbrochen und jagten die Kinder zum Teufel, ohne zu differenzieren, ob die jetzt wirklich böse gewesen waren oder nicht. Der Nikolaus, ja, der Nikolaus hatte die Kontrolle über seine Schergen verloren. Der Alte Hans, der so alt auch wieder nicht war, schwang die Birkenrute und ließ die Rolle, eine glockenartige Kugel, die die bösen Wintergeister vertreiben soll, klingen. Der sechste Dezember ist eine Raunacht. Diese Nächte stehen in enger Verbindung mit Ritualen rund um das Nutzvieh, aber auch Verwandlungen zwischen Tieren und Menschen oder haarigen mythischen Wesen. Der Alte Hans konnte tun und lassen, was er wollte. Der Pfaff war ja tot. Der Lange Bertl trug eine Holzmaske mit Widderhörnern. Trotzdem erkannte ihn jeder – seiner Länge wegen. Egal, er hatte es auf Brüste abgesehen. Jeder Frau, die in seine Nähe kam, griff er an die geilen, prallen Bäuerinnentitten und führte sich auf, als hätte er eine Psilocybinvergiftung. Er grölte, schrie, sang, tanzte und vergaß vor Begeisterung seine Aufgabe, den Nikolaus bei erzieherischen Maßnahmen zu unterstützen.

Zehn Krampusse waren es an der Zahl, aber einer von ihnen hatte sich ausgeklinkt. Hans-Erwin. Klar. Er war auf dem Weg zu

Eliane. Diese schob sich gerade eine glitzernde Spange ins Haar, als derart kraftvoll an ihre Tür gehämmert wurde, dass das ganze Hexenhaus erzitterte. Geistesgegenwärtig packte Eliane eine Daunendecke, ging ruhig durch den kleinen Korridor und schob eine Truhe vor die Eingangstür. Sie hüllte sich in die Decke und setzte sich auf die Truhe. „Himmelvögelsatansknechtruprechtverfluchtverdammtundzugenäht", rief Hans-Erwin mit sonorer Stimme und bewarf die kleine Tür mit Schneebällen. Stille. Hans-Erwin trat ein Fenster ein. Es klirrte; die Scheibe blieb aber drin. „Himmelvögelsatansknechtruprecht –", schrie er noch einmal, aber dieses Zauberwort verschaffte ihm keinen Einlass in Elianes Reich. Ihr war verständlicherweise nicht ganz wohl bei der Sache, aber sie schickte sich in die Situation und wartete ab. Hans-Erwin änderte seine Taktik. Allmählich fror's ihn.

„Ich ... äh ... bin ein Krampus", rief er, „ein Krrrrrrraaaampussss!"

Das wirkte. Die Truhe wurde zur Seite geschoben und Eliane öffnete die Tür. Sie wollte etwas erleben, unbedingt, und zwar noch in dieser Nacht. Der mit einem Ziegenfell bekleidete, bärtige Mann vor der Schneekulisse wirkte gespenstisch. Hans-Erwin hatte auf die Gesichtsmaske verzichtet, auch trug er keinen Hörnerkopfschmuck. Aber er hat große, kräftige Hände, mit denen er jetzt langsam auf Eliane zuging. Sie sah einfach zum Anbeißen aus in ihrem langen weiten Rock, der ihre großzügige Figur höchstens erahnen ließ. Ihr frisch gewaschenes, langes dunkles Haar und die vollen Lippen unterstrichen die Schönheit der Salzburgerin. Das Atavistische, Urwüchsige am Mann, der da vor ihr stand, ließ sie erschaudern, erheiterte sie aber gleichsam. Denn Eliane hatte heimlich Gefallen gefunden an Hans-Erwin, sich dies aber nie eingestanden.

„So komm doch auf einen Punsch rein", lud sie ihn ein und stellte rasch fest, dass der Mann vor ihrer Tür kläglich fror. Hans-Erwin ließ sich nicht zweimal bitten, besann sich aber auf seine Rolle als Krampus und stampfte sich mit schweren tollpatschigen Bewegungen den Schnee von den Schuhen. Dabei ließ er Eliane kein einziges Mal aus den Augen, so, als könnte sie sich als Fata Morgana erweisen und mit einem Mal entschwinden. Sie war aber sehr real, eine feste Frau mit klarem, schönem Blick, anmutigen Bewegungen und dichtem glänzendem Haar. Wortlos trottete Hans-Erwin, der gefürchtete Krampus, hinter ihr her in die kleine Küche mit dem karmesinroten Fliesenboden. Kurz darauf summte der Teekrug, und in der behaglichen Wärme entledigte sich Hans-Erwin seiner Krampusklamotten. Nur mit einem dünnen Unterhemd bekleidet, wirkte er beinahe rührend. Lächelnd stellte Eliane ein großes Punschglas vor ihm hin und setzte sich ihm gegenüber an den Küchentisch.

„Trink!“, forderte sie ihn auf. Wortlos genehmigte Hans-Erwin sich drei Schlucke und erinnerte sich an seine wilden Pläne. Er wollte Eliane doch übers Knie nehmen. Die böse Friseuse nach Strich und Faden versohlen. Seinen Kollegen ihren fetten Arsch präsentieren. Als Eliane aufstand, um im Küchenschrank nach ein paar Keksen zu suchen, ruhte sein Blick auf ihrem Hintern. Ob es in dieser Nacht so weit kommen würde?

„Komm ans Kaminfeuer, da ist's gemütlicher“, ließ Eliane sich vernehmen. Wie in Trance ging Hans-Erwin hinter ihr her. Seine Begierde war zu spüren. Eliane war fest entschlossen, sich der Herausforderung zu stellen. Im Gegensatz zu Rita, Melissa und Gaby, die jetzt wohl in der Kälte auf sie warteten, hat sie zwar bereits geküsst, aber noch nie geliebt. Das wollte sie jetzt nachholen. Beide plumpsten gleichzeitig aufs breite Sofa, Eliane im langen, weiten Rock und der Hans-Erwin in seiner Bundfaltenhose und dem ockerfarbenen Unterhemd. Er war bedeutend muskulöser als Eliane sich das vorgestellt hatte. Sie schätzte ihn auf 40 Jahre.

„Na?“, fragte sie den Krampus neckisch, „was führt dich denn zu mir?“ Hans-Erwin sog die Nähe Elianes wortlos in sich ein und räusperte sich.

„Was in deinem Kopf bloß vorgeht?“, neckte ihn Eliane weiter und nestelte an den Schnüren, die ihr Kleid an der Brust zusammenhielten. Sie sah, dass Hans-Erwin zitterte.

„Nicht doch", sagte sie, „nicht doch" – und kannte sich selbst nicht mehr. Aber es war wohl schon zu spät. Wie reife, pralle Melonen wirkten ihre Brüste im dünnen BH und der Krampus vergaß zu atmen. Dann vergrub er seinen Kopf in Elianes mächtigem Busen. Gemütlich knisterte das Kaminfeuer.

Hans-Erwin legte seine schwere Hand auf Elianes rechten Oberschenkel und knetete ihn liebevoll.

„Na, mein geiler Krampus, du?", spöttelte Eliane und öffnet ihre Beine. Es würde nicht mehr lange dauern und Hans-Erwin würde in ihr sein. Die hiesigen Männer hielten nichts von komplexen Vorspielen und kamen direkt zur Sache. Eliane wusste das und wollte daher den Moment des Eindringens möglichst lange hinauszögern. Sie ließ ihr Kleid über die Schultern herabfallen und öffnete ihren Büstenhalter. Weiß, schwer und geheimnisvoll offenbarte sie dem faszinierten Krampus ihre duftende, pralle Weiblichkeit. Er lutschte an ihren rosa Brustwarzen, bis diese groß und steif wurden. Eliane warf den Kopf zurück. Das Feuer erleuchtete ihr volles Haar. Hans-Erwin tastete sich unter ihren Rock und streichelte Elianes Schenkel. Sie atmete tief und ließ ihn gewähren. Dann explodierte der Teufelstopf, „Himmelvögelsatansknechtruprechtverfluchtverdammtundzugenäht noch mal!" Der Krampus befreite seinen großen Liebesprügel von dessen Enge und schob ihn zwischen Elianes schwere Titten. Er drückte ihre Brüste zusammen, so wie er das schon auf vielen Bildern gesehen hatte. Diese Brustwarzen! Elianes geschlossene Augen! Ihr halb geöffneter Mund! Sie tat das Hans-Erwin zuliebe, der aber glaubte, Elianes Gesichtsausdruck sei allein seiner Wirkung auf Frauen zu verdanken. Das machte ihn noch geiler. Immer heftiger rieb er seinen Penis an ihren Brüsten und konnte nur mit Mühe einen Samenerguss zurückhalten. Eliane streifte ihr Höschen ab und hielt es Hans-Erwin lachend unter die Nase.

Dieses verdammte, verwegene, geile Weib! Die böse Friseuse! Erwin legte eine Hand an Elianes Muschi und betastete ihre Schamlippen. Sie zog sich ihren Rock über den Kopf und war jetzt nackt. Bereit für Krampussex. Hans-Erwin ließ sich nicht lumpen und vögelte die Begehrte mit kreisenden Bewegungen seiner Hüfte in den siebten Himmel. Sie spürte ihn tief in sich, sah die Sterne funkeln über dem Land Salzburg und hörte die Engelein singen, die in diesen Tagen so zahlreich waren. So schön hat sie sich das erste Mal nicht vorgestellt. Als er sie von hinten nahm, warf ihr enormer Hintern im Flackerschein des Feuers Wellen. Für Sekundenbruchteile sah er ihr kleines rosa Poloch. Hätte man den systolischen Blutdruck der beiden addiert, wäre man in etwa auf 440, also weit über die Grenze des für die Spezies Mensch zugelassenen Wertes, gekommen. Eliane krallte sich in ein Leinenkissen und gab lang gezogene Stöhnlaute von sich. Hans-Erwin konnte sich nicht länger beherrschen und füllte ihre Scheide mit einer beträchtlichen Menge weißlichen, klebrigen Saftes.

Im September des kommenden Jahres herrschte Freude im Hexenhäuschen, aber auch in der kleinen Enklave im Land Salzburg: Drei winzige Krampusse schrien um die Wette und mitten unter ihnen die Vierte im Bund, ein Krampussinchen. Glücklich strahlten Eliane und Hans-Erwin sich an.

Es musste ja irgendwie weitergehen mit diesem schönen alten Krampusbrauch.

Mut zur Lücke

Der *Mut zur Lücke* nervte mich zum allerersten Mal, als ich mit fünfzehn nach Zürich kam und dort ein Jahr in einer Privatschule absitzen musste. Er wurde von meiner damaligen Mathematiklehrerin bewiesen.

Frau Wehrendt bewegte sich wie eine Gazelle. Das musste mit ihrer eindrücklichen Größe zu tun haben. Rita Wehrendt maß fast zwei Meter, so schätzten wir damals. Dabei war sie spindeldürr. Immer trug sie diese hochgeschlossenen bunten Blusen und dazu riesige goldene Ohrringe; daran erinnere ich mich genau. Und ja, knallenge Lycrahosen, die ihren *Mut zur Lücke* zeigten.

Für die Jungs meiner Klasse war Rita Wehrendt Offenbarung. Wir befanden uns mitten in der Pubertät, und für die Kerle war unsere Mathematiklehrerin das Highlight aller öden Schulstunden.

Frau Wehrendts Hose war so eng, dass die Lücke, die entsteht, wenn Frau sich in zu enge Beinkleider zwängt und sie im Schritt hochzieht, zu entdecken war.

In den Pausen spekulierten wir Mädchen uns heiß, ob Frau Wehrendt sich absichtlich so anzog oder ob wir sie, so ganz unter Frauen, auf diese anatomische Peinlichkeit aufmerksam machen sollten. Die Jungs verhielten sich unfair.

Rita Wehrendt hatte schulterlanges blondes Haar, große braune Augen, eine markante Nase und eine entfernte Ähnlichkeit mit einer Giraffe, was ihr den Spitznamen *Fützligiräffli* – auf Deutsch: Fotzengiraffe – einbrachte. Das empfand ich schon damals als frauenverachtend. Meinen Freundinnen ging das genauso. Frau Wehrendt war der Inbegriff dessen, was wir heute als cool bezeichnen würden. Ganz locker warf sie uns binomische Formeln an den Kopf, zirkelte Trigonometrisches an die Wandtafel und führte uns galant zur Integralrechnung. Dazu bewegte sie sich behände, war blitzschnell am hintersten Pult, wo der Pennende Ralf saß und schrieb fast gleichzeitig vorne bizarrmathematische Dinge an die Tafel. Das alles tat sie in ihrer Lycrahose, die die Lücke offenbarte. Uns war bis zuletzt nicht klar, ob es sich bei der angedeuteten Spalte um eine zufällige Falte ihrer Hose handelte oder ob diese zwei schmalen Wülste an der Seite tatsächlich ihre Venuslippen waren.

An uns selbst konnten wir nichts Derartiges entdecken – höchstens in unseren Badeanzügen. Da war aber an besagter Stelle eine Einlage aus Stoff eingenäht, damit anatomische Details fremden Blicken verborgen blieben. Mir jedenfalls ging unser mathematisch begabtes *Fützligiräffli* nicht mehr aus dem Kopf.

Das Verrückte an der Sache: Da verbieten heute einige Schulen ihren Schülerinnen bauchfreie Tops – damit die Schüler sich wieder konzentrieren können. In bestimmten Spitälern sind Lippenpiercings obsolet. Andernorts darf man sich die Nägel nicht bunt lackieren. Die Erregendste aller Moden, der Mut zur Lücke, wurde aber bisher nicht näher bezeichnet oder gar verboten. Schon hatte ich das Thema in der Rumpelkammer meines Gedächtnisses begraben, als sich letzte Woche Folgendes ereignete:

Ich saß im lokalen Jazzclub, als die Blues-Soul-Sängerin Yvonne Z. auf die Bühne stakste. Wie Frau Rita Wehrendt trug auch sie ein korrekt sitzendes, hochgeschlossenes Oberteil. Dann kam die ovale Silberschnalle auf Bauchhöhe – eine Geschmacklosigkeit ohnegleichen. Ließ man den Blick etwas weiter nach unten gleiten, war sie da, die aus Schülertagen vertraute Lücke! Der Zufall wollte es, dass in der vordersten Reihe neben mir der Pennende Ralf saß, heute ein angesehenes Nationalratsmitglied.

„Anita – sieh dir das an", sagte er zu mir.

Ich vergaß Blues, Soul und Janis Joplin. Yvonne Z. bewegte sich bauchtänzerisch und rückte ab und zu ihre enge rote Hose zurecht. Sie tat dies mit neckischem Gesichtsausdruck und war sich ihrer Wirkung voll und ganz bewusst – ganz anders als damals unsere Mathematiklehrerin. Mit steifen Brustwarzen sang sie *Me and Bobby Mc Gee,* und die Erregung war ihr anzusehen. Yvonne

Z. liebte es, dem Publikum ihre Geheimnisse preiszugeben. Der Saal war bis zum hintersten Platz besetzt. Der Pennende Ralf war hellwach. Selbst von der Seite konnte ich sehen, wie seine Augen leuchteten.

„Die Frauen von heute sind eben selbstbewusst", hörte ich mich zu ihm sagen.

Bis der Mut zur Lücke in die Alltagsmode Eingang findet, werden aber wohl noch weitere zwanzig Jahre vergehen. Sei's drum.

Annette von der Post, Teil 1

Nervös rutschte Annette auf ihrem Bürostuhl hin und her. Sie war eine rechtschaffene Frau. Mutter von zwei kleinen Kindern. Ihr Ansehen im Dorf war gestiegen, seit sie die kleine Postfiliale leitete. Sie hatte die Verantwortung für fünf Angestellte, die seit Jahren im kleinen Dorf lebten und im Kleinbetrieb zum Inventar gehörten. Nie hätte sie sich eingestanden, dass ihr etwas fehlte.

Die Wohnung war mit frischen, sonnengelben Stores, vielen Blumen und einer neuen Einbauküche hübsch eingerichtet. Die beiden Kinder wurden in der Krippe gut betreut. Nur war da noch ihr Mann Bernd, gut zehn Jahre älter als sie und nicht eben eine Rakete im Bett. Das wäre ja noch angegangen. Sie hatte aber auch sonst den Eindruck, dass er sich – und sie – in letzter Zeit arg vernachlässigte, die Tage geistesabwesend verbrachte und ihr zunehmend zur Last fiel.

Annette war ausgesprochen attraktiv. Dies bestätigten ihr auch die begehrlichen Blicke der Postkunden, die an ihrem Schalter Schlange standen. Dabei kleidete Annette sich unauffällig. Durchaus geschmacks- und stilsicher, wie es ihre Stellung verlangte. Nur selten war sie unachtsam. Kombinierte dann einen grobmaschigen, dunklen Pulli mit einem weißen BH, der ihre spitzen Brüste erahnen ließ. Annette war nicht prüde, keineswegs. Sie lebte ihre Träume nur nicht aus. Blieb Mutter, Hausfrau und Angestellte.

Soeben hatte ihr Vorgesetzter die Filiale betreten, was sie nervös auf ihrem Stuhl hin und her rutschen ließ. So, wie er sie in den Mitarbeitergesprächen betrachtete und mit ihr redete, war da mehr zwischen ihnen als ein hierarchisches Verhältnis. Der Mann war ihr allerdings schlicht zu dick; auch jetzt wölbte sich die Krawatte über seinem Bauch. Trotzdem – entziehen konnte sie sich ihm nicht; Claudius Hufnagel war charmant – ganz anders als ihr eigener Mann.

Sie stand auf und öffnete die Sicherheitstür. Hufnagel ließ sich einen Kaffee bringen und wartete im Back Office auf Annette, die erst noch den regen Schalterverkehr zu bewältigen hatte.

Nachdem er die Geschäftsabläufe geprüft und den Tresor kontrolliert hatte, überreichte er Annette eine schmucke Einladungskarte zu einem Kaderabend. Annette hatte von diesen Treffen, die mehrmals jährlich stattfanden, schon gehört. Es wurde getrunken, getanzt, gefeiert und gescherzt. Man lernte sich von einer andern Seite kennen und kam sich näher: Chefin und kleiner Beamter, Boss und Sekretärin, Personaladministratorin und Regionalleiter. Hinter diesen Bezeichnungen stehen ja Menschen.

Zwischendurch streifte Hufnagels Blick Annettes Pullover. Ihr weißer BH schimmerte durch den grobmaschigen Pullover. Wie würde es wohl sein, schoss es Hufnagel durch den Kopf, diese gewissenhafte Frau mal ausgelassen zu erleben? Lasziv und geil und hemmungslos?

Mit einem kräftigen Händedruck verabschiedete er sich. Annette war wieder allein. Allein mit den Kunden in der Warteschlange, allein mit Postsäcken, Speditionswagen und Abrechnungslisten. Wie ihr Mann Bernd auf die Einladung, die ausdrücklich nur an sie gerichtet war, reagieren würde?

Am Samstagabend pflegte sich Annette. Sie räkelte sich im Fenjalbad, behandelte ihre Füße mit einem Bimsstein, wusch sich ihr kurzes schwarzes Haar und wies energisch ihre kleine Tochter Vera vor die Tür, die ihr beim Baden zusehen wollte. Schmollend verzog sich die Zweieinhalbjährige und forderte von ihrem Vater ein Märchen. Einmal wollte Annette allein sein – nur für eine Stunde. Sie gehörte ja sonst schon allen. Als Postbeamtin, Mutter und Ehefrau war sie Allgemeingut. Sie stieg aus der duftenden Wanne, trocknete sich langsam ab und betrachtete sich eingehend im Spiegel. Schlecht sah sie nicht aus mit ihren 31 Jahren. Die Brüste hätten zwar etwas größer sein können, passten aber zu ihrer grazilen Figur, den leicht hervortretenden Hüftknochen und dem flachen Bauch. Annette rasierte sich unter den Armen, weil ihr schulterfreies Abendkleid dies verlangte. Dann trimmte sie ihr Schamhaar – als sie schon mal dabei war. Bernd liebte gepflegte Mösen. Neulich hatte sie auf seiner Festplatte Hunderte von Frauenfotos entdeckt. *All hairy, all natural.* Viele Nahaufnahmen. Close-ups. Klar. So war Bernd. Annette hätte am liebsten losgeschrien, dies aber den Kindern zuliebe vermieden. Sie hatte beschlossen, ihre Entdeckung vorerst für sich zu behalten.

Nun cremte sie sich sorgfältig ein, schlüpfte in ein knappes lila Höschen und widmete sich den Details in ihrem Gesicht: Eyelash, etwas Rouge, wenig Lippenstift. Mehr brauchte sie nicht. Das Haar trocknete von selbst. Das eng anliegende schwarze Abendkleid, kombiniert mit einer einfachen weißen Perlenkette, war das Highlight. Annette von der Post hatte sich in eine Märchenprinzessin verwandelt.

Bis dahin hatte ihr Mann keine Anstalten zur Eifersucht gemacht. Friedlich saß er mit den beiden Töchterchen in der Küche beim Abendessen – Grießbrei mit Erdbeeren. Annette gab ihm einen flüchtigen Kuss auf die Stirn, umarmte ihre beiden Mädchen und verließ ihre Familie für ihren ersten Kaderabend.

Bernd trat ans Fenster und sah gerade noch, wie seine Annette in eine dunkle Limousine stieg. Du Luder!, dachte er bei sich.

Klar brodelte in ihm Eifersucht. Er wusste ja, dass er es nicht mehr brachte. Annette war attraktiv, temperamentvoll, hübsch, sexy, bewundernswert. Und er selbst war ein Jammerlappen auf dem Weg in die Midlifecrisis. Von dort würde er wohl nie mehr herausfinden. Er liebte seine Frau, konnte es ihr aber immer seltener beweisen. Gleichzeitig funkelte in ihm eine heimliche perverse Lust: Er liebte es, seine Frau anderen zu zeigen. Wie gern hätte er sie in einen Swingerclub mitgenommen und zugesehen, wie wildfremde Männer sein Schätzchen vögelten. Annette war strikt dagegen. Er hatte auch schon Nacktfotos von ihr auf www.voyeurweb.com durch die Welt gereicht. Er stellte sich vor, wie die Chefs von Annette sie an diesem legendären Kaderabend mit Kir Royal abfüllten, wie sie zufällig ihre

Schenkel berührten, mit ihr tanzten und erwartungsvoll dem Höhepunkt der Party entgegentrieben: dem Moment, in dem sie sich das Abendkleid über den Kopf ziehen und diesen eleganten Herren ihren nackten Körper zeigen würde. Seine Annette, liebende Ehefrau, Mutter von zwei Kindern und gewissenhafte Postbeamtin!

Bernd überließ seine beiden Töchter einen Moment lang sich selbst und ging ins Schlafzimmer. Dick und milchig spritzte das Sperma ins Papiertaschentuch. Für den Rest des Abends spielte er mit seinen Kindern und zog sich anschließend auf Arte einen Sexfilm rein, während die Mädchen in ihrem Zimmer einschliefen.

Auf der Kaderparty ging es nicht so wild zu wie in Bernds Phantasien – zumindest am Anfang nicht.

Annette wurde über den Kiesweg zu einer großzügigen Villa begleitet, auf deren Terrasse alles bereitstand, was das Herz begehrte. Exotische Früchte präsentierten sich da im Fackelschein, italienische Süßigkeiten aller Art, Torrone und Baci aus Siena, Cassata aus Sizilien, Gläser mit farbigem Inhalt, Partydips, Hummerplatten und Salate, soweit das Auge reichte. Annette bediente sich zögernd; Luxus in dieser Konzentration war sie nicht gewohnt. Sie betrieb freundlichen Smalltalk mit Briner, Hufnagel und Eyermann. Sie bewegte sich scheu in ihrem engen Kleid, so, als hätte sie Angst davor, es könnte zerreißen. Das machte Annette noch unwiderstehlicher. Es wurde getrunken und gelacht; Hufnagel berührte ihr Collier so, dass sie ein Schauer durchfuhr.

Es wurde getanzt. Claudius Hufnagel bat Annette auf die große Parkettfläche, erst zu einem unverbindlichen Foxtrott, dann zu einem verbindlicheren Walzer und später zu einem unmissverständlichen Tango. Federleicht bog Annette ihren Körper nach hinten; ihr Chef war trotz seiner Korpulenz ein ausgezeichneter Tänzer. Zwischendurch gönnte er ihr eine Pause oder überließ sie andern Mitarbeitern. Dann trat er wieder an sie heran. Eine fette Spinne, die ihr Opfer im Auge behielt.

Endlich war Rock 'n' Roll angesagt, Hufnagels Spezialität. Zu Chuck Berrys' Gitarrenriffs wirbelte er Annette, als sei sie ein Spielzeug. Mit gespreizten Beinen flog sie auf ihn zu und wusste nicht, wie ihr geschah. Dann hielt, auf ein Zeichen Hufnagels, die Musik inne.

„Komm, ich helf dir aus deinem Kleid, dann rockt's besser", sagte er in vertraulichem Ton zu Annette. Diese wusste kaum, wie ihr geschah. Wie in Trance stand sie mitten im Raum und ließ sich den Rückenverschluss öffnen. Das Kleid glitt an ihr herunter. Einige klatschten. In Unterwäsche wirbelte die Postbeamtin mit leuchtenden Augen zur Beatles-Version von Rock 'n' Roll Music durch den Raum, wurde in ihrer Atemlosigkeit aufgefangen von Meisenberg, von diesem zu Hinzenkamm geschleudert und an Hufnagel weitergereicht. Die andern Frauen hatten sich von der Tanzfläche zurückgezogen und schauten zu. Eine warme Sommernacht senkte sich übers Villenquartier; zu Hause schliefen Vera und Nina eng aneinandergekuschelt. Marvins Sexfilm war zu Ende. Mitternacht. Wieder hielt die Musik inne.

„Ohne Unterwäsche geht's noch lockerer; du wirst schon sehen!" Hufnagel grinste schweinisch; Annette machte sich wie hypnotisiert an ihrem BH zu schaffen. Ihre kleinen, festen Brüste verleiteten das Kaderpublikum zu „ooohs" und „aaahs". Mit Perlencollier und Slip tanzte sie zum Sound von „Roll over Beethoven".

Das Electric Light Orchestra kam in Fahrt. Bei den Mitarbeitern ging die Post ab. Alle, auch ein Teil der Frauen, wollten mit Annette tanzen, einmal wie zufällig ihre Hüften berühren, ihr Zärtlichkeiten ins Ohr flüstern ... Annette, die graue Maus vom Schalterdienst, war zum Mittelpunkt geworden. Wie geschmeidig sie tanzte! Auf einen Wink von Hufnagel wurde das Buffet abgetragen, und ein paar Bedienstete stellten weitere Fackeln auf die Terrasse. Lautsprecherboxen wurden verschoben.

Die Voyeure nahmen Platz, die Show konnte beginnen. Die Show der biederen Hausfrau, Mutter und Postbeamtin Annette

Hügli, die sich – nach kurzem Wortgefecht – von Hufnagel dazu überreden ließ, auch ihr Höschen auszuziehen und im milden Vollmond- und Fackellicht auf der Terrasse von Hinzenkamms Villa splitternackt Merengue zu tanzen.

Annette von der Post, Teil 2

Intuitiv wusste Hufnagel, dass er an diesem Abend noch auf seine Kosten kommen würde. Eigentlich hatte die Party ja noch gar nicht richtig begonnen. Nachdenklich betrachtete er Annette. Wie gut sie tanzte! Immer wieder warf sie aufreizend den Kopf zurück und schämte sich offenbar auch nicht der Tatsache, dass die Zuschauer ihr für Bruchteile von Sekunden zwischen die Beine schauen konnten.

Wie gepflegt sie wirkte! Diese Hüftknochen! Die kleinen, harten Brüste! Dieser wohlgeformte Po! Die langen Beine! So und ähnlich pulsierte es nicht nur in Claudius Hufnagels Kopf, sondern auch in dem von Meisenberg, Hinzenkamm und anderen. Wie glücklich ihr Mann sich doch schätzen konnte – doch in dieser Nacht würde sie andern gehören.

Diskret machte Hufnagel zum DJ hin ein Handzeichen. Dieser dämpfte die Musik.

„Erfrischung für dich, Annette?", fragte er mit heiserer Stimme und bot ihr eine Bowle im farbigen Glas an. Annette leckte an der Zuckerverzierung den Glasrand entlang und lächelte Hufnagel zu. Eine der Frauen brachte ihr ein Jäckchen.

„Du verkühlst dich noch, Kleines", sagte Meisenbergs Sekretärin Barbara Motina fürsorglich.

Wo Annette wohl steckte? Es war nach ein Uhr in der Frühe. Bernd konnte nicht schlafen und drehte sich von einer Seite zur andern. Dann fasste er einen Entschluss.

Einzig mit dem blauweißen Jäckchen bekleidet, führte Annette wieder Smalltalk in der großzügigen Eingangshalle. Wie sie diesen Abend genoss! Auch andere Gäste hatten sich einiger Kleider entledigt. Edo Briner in seiner dunkelblauen Unterhose war nicht gerade die Hauptattraktion dieser Party. Er wirkte aber liebenswert – ganz anders, als man ihn von der Firma her kannte. Dort war er der eiskalte Hardliner. Jetzt aber war Sommer, es gab Gratisgetränke auf der Terrasse von Hinzenkamms Villa und jede Menge schöner Frauen und Männer. Unter ihnen war ja auch Annette, dieses kleine Luder vom Schalter der bedeutungslosen Postfiliale, die Hinzenkamm nächstes Jahr schließen sollte.

In warmem, anzüglichem Ton unterhielt Hufnagel sich mit ihr. Hinzenkamm stand so dicht hinter Annette, dass er ihr ohne weiteres einen Klaps auf den festen kleinen Hintern hätte geben können. Da machte Hufnagel zu Meisenberg hin ein Zeichen mit seiner linken siegelringbewehrten Hand und verschwand mit der halbnackten Annette Richtung Treppe. Die Ölgemälde von Hinzenkamms Ahnen im Treppenkorridor sahen schrecklich aus – eigentlich wie er selbst. Dazu die klobigen goldenen Bilderrahmen, der dunkelviolette Läufer, das protzige Messing des Treppengeländers. Hier gab es weder Stil noch Klasse. Annette Hügli und Claudius Hufnagel betraten Hinzenkamms Schlafraum. Annette verspürte eine Schwere im Unterleib. Hufnagel stand schweigend neben ihr. Er wusste, dass er diese Frau mit seinem kleinen Glied, das er unter schweren Bauchfalten erst suchen musste, kaum würde befriedigen können. Claudius Hufnagel war aber ein Zungenkünstler. In dieser Beziehung war sein Selbstvertrauen mehr als gesund. Er hörte die Postbeamtin schon keuchen. Bereits als er sie zur Party einlud, hatte Annette gewusst, dass Hufnagel mit ihr schlafen wollte.

Bernd stand auf und stellte fest, dass sein Glied steif war. Er konnte es kaum in die Jeans zwängen. Auch hatte er Herzklopfen. Was sie wohl um diese Zeit mit seiner Frau machten? Er suchte den Autoschlüssel. Die schlafenden und zurückgelassenen Kinder verdrängte er.

Lächelnd setzte sich Annette auf das riesige Bett. Überall standen Vasen mit frischen Schnittblumen; die wenigen Möbel waren leicht und geschmackvoll. Das schwere Bett allerdings stammte aus der Tudor-Zeit. Was es wohl schon so alles erlebt hatte und die Menschen in ihm?

Unter dem Fenster stand ein OP-Tisch mit verschiedenen Utensilien. Hufnagel kniete sich vor Annette hin und machte sich an den Knöpfen ihres Jäckchens zu schaffen. Diese niedlichen Brüste! Er stellte sie sich am Postschalter vor – im weißen BH. Sein Kopf begann zu sausen. Als ob Annette gewusst hätte, was der Hufnagel wollte, legte sie sich nach hinten. Erst küsste er ihre Füße. Wie gepflegt sie waren. Hufnagel sog den Duft von ihrem frischen Schweiß, ihrer Body Lotion und der Abendkühle ein. Er erschauderte in Vorfreude. Mit seinen breiten Lippen arbeitete er sich hoch, zu ihren empfindlichen Knien.

„Aaaah, da bin ich kitzlig!", lachte Annette.

Dieses süße, geile Lachen! Claudius Hufnagel kam in Fahrt. Annette öffnete ihre Schenkel und lud ihn ein. Diese schmalen Venuslippen ... Hufnagel ertastete sie vorsichtig. Annette hatte noch viel vor sich. Claudius Hufnagels Aufgabe war es, sie für Klaas Meisenberg, Reiner Hinzenkamm und Remo Eyermann anzuwärmen – vielleicht auch für einige der Frauen, wenn sie Lust verspürten. Ihre kleinen Labien glitzerten. Mit der Zungenspitze begann Hufnagel sie zu lecken. Annette schloss die Augen. Ihr Geschmack war leicht salzig; wie das Claudius Hufnagel animierte! Er reizte Annette minutenlang, hielt aber zwischendurch inne, um sie nach mehr betteln zu lassen. Er wollte sie hochjagen, so lange, bis der ultimative Hormonmix erreicht war und sich Annettes Grenzen zwischen Postbeamtin, Ehefrau und Raubtier auflösen würden. Aus seiner Perspektive sahen ihre kleinen Brüste noch neckischer aus als auf der Veranda beim Tanzen: niedliche kleine Erhebungen mit zwei kecken Nippeln, die wie kleine Bleistifte wirkten.

Endlich hatte Bernd den Autoschlüssel gefunden, schaute noch kurz ins Kinderzimmer, ob alles in Ordnung war und nahm den Aufzug zur Tiefgarage.

Wie es vereinbart war, bediente Hufnagel die Gegensprechanlage, die oben am Bett installiert war.

„Wir sind so weit!"

„Sie sind so weit!", echote im Foyer Meisenberg und gab das Signal an Hinzenkamm weiter.

„Sie sind so weit!"

Es kam Bewegung in die Partygäste. Anita Lember, Klaas Meisenberg, Remo Eyermann, Sophie Wenger, Reiner Hinzenkamm und Barbara Motina stellten ihre Gläser hin und machten sich auf den Weg zu Hinzenkamms Schlafzimmer. Edo Briner in seiner blauen Unterhose flirtete lieber mit seinem zwölften Glas Kir Royal und war nicht mit von der Partie. Annette drehte in diesem Moment den Kopf zur Seite und stöhnte leise. Wo Bernd wohl war? Ob die Kinder schliefen? Dann gab sie sich wieder ganz Hufnagel hin, der unbeirrt an ihrem Geschlecht leckte.

Vorsichtig öffnete Reiner Hinzenkamm die Tür. Die sechs Besucher betraten den Raum. Sie waren schon fast nackt; aus Scham wegen ihrer Hängebrüste hatte lediglich Sophie Wenger ihren BH anbehalten. Auf Remos Aufforderung griff sie nach hinten und öffnete die Ösen.

„Wow, sind die geil!" Remo Eyermann konnte vor Begeisterung kaum an sich halten. Auf dem großen, ehemaligen OP-Tisch, den Hinzenkamms Großvater einem befreundeten Chirurgen abgekauft hatte, lagen Parfums, Gleitgel, zwölf verschiedene Dildos, Lippenstift, Pinselchen in einem Kristallglas und eine Flasche Mineralwasser ...

Wie durch eine Wolke sah Annette die sechs Gäste auf sich zukommen. Hufnagel hatte seine Sache gut gemacht. Er würde sich jetzt aufs Zuschauen verlegen. Anita Lember setzte sich neben Annette und streichelte ihr Gesicht. „Es wird sehr schön werden, weißt du!" Annette lächelte. Barbara Motina ließ sich von Hufnagel eines der feinen Pinselchen geben und kitzelte damit Annettes geöffnete Scham. Das wundersame Hellrosa ihrer feuchten Vulva faszinierte nicht nur Barbara Motina. Sophie Wenger schminkte ihr die Lippen und ließ ihre schweren Titten direkt vor Annettes Augen baumeln. Anita bespritzte ihren Bauch mit einem der Parfumflakons. Ob der unerwarteten Kühle zuckte Annette zusammen. Dann ließ Anita Lember sich von Claudius Hufnagel einen blauen Dildo in Form eines Delphins geben. Sie stellte ihn auf die mittlere Stufe und legte ihn zwischen Annettes Brüste. „Wie schön du bist", sagte sie zu ihrer Arbeitskollegin. Sie war die Leiterin der benachbarten Postfiliale.

Bernd steckte den Zündschlüssel in seinen VW Golf und machte sich auf den Weg zu Hinzenkamms Villa. Schon oft war er sonntags mit seiner Familie daran vorbeispaziert.

„Wenn wir bloß so wohnen könnten", hatte Annette oft gesagt und ihn damit immer wieder verletzt.

Es war eine sehr dunkle Nacht. Die Häuser wurden spärlicher; die Brücke war nur knapp beleuchtet. Bernd öffnete das Fenster. Es duftete nach Flieder. Kurz vor der breiten Einfahrt ließ er seinen Wagen stehen. Er kam sich wie ein Einbrecher vor. Beim Aussteigen wäre seine Autotür beinahe von einem Ferrari Testarossa gerammt worden, der langsam an ihm vorbeifuhr. Der Park lag im Dunkeln; irgendwo plätscherte ein Springbrunnen.

Bernds Schritte knirschten auf dem Kiesweg. Ob die beiden Töchter noch schliefen? Und: Was genau hatte er eigentlich hier zu suchen? Dann weckte ein Geräusch aus einem der riesigen Fenster im oberen Stock seine ganze Aufmerksamkeit. Das Fenster stand offen. Stöhnte da nicht Annette? Er hatte es doch gewusst, verdammt.

Eifersucht, brennende Wut und pulsierende Geilheit schossen durch seinen Körper. Bernd war hellwach. Entschlossen trat er durch die geöffnete Terrassentür und blickte sich um. Überall lagen Essensreste, halb gefüllte Flaschen, Silberplatten und Gedecke. Über einem der Stühle lag Annettes Abendkleid. Bernd war zur Gewissheit gelangt. Irgendwo im oberen Stock ...

Er eilte behände die Treppe hoch, beachtete Hinzenkamms Ahnengalerie nicht. Dann drückte er die Klinke zur Schlafzimmertür. Annette, liebende Ehefrau, treu sorgende Mutter zweier Kinder und gewissenhafte Postbeamtin, kniete nackt auf dem dunklen Satinüberzug des schweren Bettes. Unter ihr lag Remo Eyermann, der sie vögelte und gleichzeitig an Sophies Brüsten lutschte, die an seiner Seite kniete. Nach einer sorgfältigen Gleitgelvorbehandlung war es dem Gastgeber und Analfetischisten Reiner Hinzenkamm gelungen, Annettes winziges Pförtchen so weit zu dehnen, dass er seinen schweren Penis einführen konnte.

„Dieses geile, enge Arschloch!", fluchte er und lief dabei hochrot an. Hufnagel kniete vor Annette und bot ihr seinen bescheidenen Pimmel an; Annette kaute darauf herum. Sie wackelte mit dem Hintern und ließ den Rhythmus von den beiden Männern bestimmen, die in ihr waren.

Und Barbara Motina? Sie kniete Sophie Wenger gegenüber und streichelte Annettes Haar. Gleichzeitig beriet sie die junge Postbeamtin, weil sie Hufnagels Vorlieben kannte. „Du musst ihn mit der Zunge kitzeln, ganz vorn an der Eichel, ja, da hat er es gern, der geile Saftsack! Besorg's ihm, Annette, ja, du machst das guuuut!"

Anita Lember hatte sich in der Zwischenzeit den Delfindildo in die Möse eingeführt und hoffte, dass die viel beschäftigte Annette ihr bei ihrem aufgeilenden Spielchen zusah.

Bernd war sprachlos. Im Vergleich zu dem, was er da zu sehen bekam, waren seine Masturbationsphantasien geradezu harmlos. Er konnte kaum noch aufrecht stehen. Kurz bevor ihn die Lust am Zusehen vollends übermannte, zückte er seinen ständigen Begleiter, eine Digitalkamera. Cool hielt er ein paar der aufregendsten Szenen fest, und er wusste: unter www.voyeurweb.com, seiner Lieblingssite, wartete das Webpublikum auf Bilder dieser sensationellen Gruppenorgie, deren Mittelpunkt seine geliebte Frau war.

PS: Zwei Wochen später wurde Personalchef Edo Briner beim Betrachten genau dieser Bilder in seinem Büro von Claudius Hufnagel ertappt und von Remo Eyermann fristlos entlassen.

Greyhound

Stefanie freute sich nicht auf Detroit. Die Ankunft in New York ging ja noch an. Alles größer, glänzender und höher als in Europa. In einem unterkühlten Fast-Food-Tempel hatte sie mit steifen Brustwarzen einen Mixed Salad mit American Dressing bestellt. Kurz darauf saß sie schon in einem Greyhound-Bus, bereit für die endlose Reise zur Zielmetropole Detroit City. Acht Monate sollte sie hier verbringen – ohne ihre Freundinnen, ohne ihren Freund, ohne Ralf.

Diese Klimaanlage im Bus funktionierte gut. Verdammt gut. Wie unterkühlt würde sie bei der Ankunft sein? Ihr Pate würde sie abholen. Sie hatte sich gerade noch rechtzeitig einen Fensterplatz gesichert. Mit geschlossenen Augen wartete sie auf die Abfahrt. Hinter ihr grölte eine biertrinkende Meute Jungs. Endlich setzte sich das Gefährt in Bewegung. Im letzten Augenblick hatte sich noch jemand neben ihr platziert. Stefanie öffnete die Augen. Er roch, im Glauben zu duften. Nach billigem und penetrantem After Shave. Sie wandte sich, so gut das bei den beschränkten Platzverhältnissen möglich war, von ihm ab und sah aus dem Fenster. Sie trug ein bauchfreies T-Shirt und eine etwas zu enge weiße Jeans. Bereits im Flugzeug hatte sie festgestellt, dass die Hose einschnitt, und jetzt, im unbequemen Greyhound-Sessel, erst recht. Wie blöd sie doch war! Dabei hatte sie im Handgepäck einen luftigen Baumwollrock.

Der Typ neben ihr sah besser aus als das After Shave roch. Der Dreitagebart verlieh ihm das Charisma eines Desperado. Stefanie schielte auf seine Hände. Sensibel wirkten sie und ruhten gelassen auf seinen Oberschenkeln. Ob er Gitarre spielte? Bruce Springsteen? Stefanie fasste sich ein Herz.

„D'ya mind?“, fragte sie frech in angelerntem American English und streckte sich nach ihrer Handtasche, die sich über ihr im Gepäcknetz befand.

„Not at all!" Er studierte aus dem Augenwinkel heraus ihr Profil. Stefanies schmale Hüften kontrastierten mit ihren üppigen Brüsten, die sie normalerweise unter weiten Sweatshirts versteckte. Auf einer Fernreise traute sie sich aber mehr zu. Es kannte sie ja keiner. Ihr gelbes Top ließ keinen Zweifel an ihrer Oberweite zu. Der Desperado aber interessierte sich weniger für ihre Brüste als für ihren runden Jeanshintern. An diesem ließ er seinen Blick so lange entlanggleiten, bis Stefanie es sich wieder bequem gemacht hatte. Eine Niveawolke wehte zu ihm hinüber; Stefanie war eine gepflegte Frau.

Nach Stunden hielt der Greyhound an einer trostlosen Raststätte – die Biertrinker auf den Sitzen hinter Stefanie und dem Desperado waren bereits eingeschlafen.

„Can I get ya somethin'?" Überrascht fuhr sie hoch. Die restliche Fahrt hatte er nicht mehr mit ihr gesprochen. „I am Bruce. Bruce Hayworth."

„My name is Stevie." Sie hatte sich vorgenommen, sich hier überall als Stevie vorzustellen. Klang doch wesentlich cooler als „Stefanie". Sie nickte und fuhr fort: „Ah yes, could you get me a McChicken and a Coke, large size, please?" Stefanie sah Bruce nach. Doch, er war attraktiv. Attraktiv, mysteriös und gefährlich.

Voll bepackt kam er zurück. Kurz darauf setzte sich der Greyhound erneut in Bewegung. Bruce wollte kein Geld annehmen. Er schüttelte bestimmt den Kopf und verfiel wieder in Schweigen. Die Cola schmeckte seltsam – bitterer als in Europa. Stefanie hatte aber mal gelesen, dass das Originalgetränk grünlich schimmerte und nach Batteriesäure schmeckte – so what?

Stefanie verstellte ihren Sitz nach hinten und beschloss, die lange Fahrt zu genießen. Sie überließ sich ihren Träumen, döste eine Weile so vor sich hin, fühlte sich aber durch die enge Jeans gestört. Sie nestelte am Reißverschluss ihrer Tasche und förderte endlich den Baumwollrock zutage. Ob sie sich während der Fahrt umziehen konnte? Die Greyhound-Toilette war wegen Reparaturarbeiten nicht zugänglich. Bruce hatte bestimmt schon Frauen in Unterwäsche gesehen. Überdies hatte er seinen Big Mac vertilgt und schien fest zu schlafen.

Vorsichtig, ohne ihn mit dem Ellbogen anzustupsen, öffnete sie ihre Hose. Stefanie bückte sich, um ihre neuen dunkelgrünen Pasito-Schuhe aufzumachen, dann zog sie ihre Jeans aus. Im Halbdunkel des altehrwürdigen transamerikanischen Fahrzeugs wirkten ihre nackten Beine obszön. Sie rückte ihr Höschen zurecht.

Wie eine Schlange ein Kaninchen packt, blitzschnell griff Bruce nach Stefanies Hand. Das überraschte sie derart, dass sie nur verdutzt „hey!" sagte. Stefanie dachte an ein Spiel, einen Reaktionstest, „some joke", nur nicht an das, was jetzt kam. Sie fühlte sich mit einem Mal sehr träge. Bruce streichelte ihren Handrücken mit dem Daumen.

„Keep cool, baby, so cool!" Minutenlang hielt er ihre Hand fest, drehte den Kopf in ihre Richtung und lächelte sie an. Stahlblaue Terence-Hill-Augen. Stefanie konnte sich ihm nicht entziehen – räumlich sowieso nicht, aber auch mental nicht. Was dieser Mann wohl alles erlebt hatte? Stefanie fröstelte und breitete den Baumwollrock über ihren Beinen aus.

„Are you cold?", fragte er mit rauer Stimme. „Y-yes, a little bit", antwortete Stefanie und wurde sich in diesem Augenblick bewusst, wie warm seine Hand war. Die Hand schob sich unter den Rock.

„How smooth you are, Stevie!"

Wie er ihren Namen aussprach! Vorsichtig, aber mit festem Griff tastete er sich höher. Stefanie schluckte leer. Sie war fremd in diesem Land, aber keineswegs ein Opfer. Männern gegenüber war sie skeptisch. Und Bruce kannte sie kaum. Nur sein After Shave, seinen Namen, seine wenigen Worte. Andererseits ... diese Augen ..., was erwartete sie denn in Detroit außer Langeweile? Die Familie ihres Paten würde sie wohl bis in den Schlaf hinein behüten.

Dies war ihre einzige Gelegenheit zu einem kleinen erotischen Abenteuer. Zu weit konnte er ja nicht gehen in Anwesenheit der andern Passagiere. Bei diesen Gedanken spreizte sie im Schutz des

Baumwollrocks, der noch immer über ihr lag, die Beine. „Ohhh ...", murmelte Bruce und begann sie sanft zu streicheln. Stefanie schloss die Augen und harrte der Dinge, die da kommen sollten.

„Enjoying, eh?", stellte er fest und arbeitete sich zum Rand ihres Slips hoch. Etwas ratlos ließ er die Hand ruhen, dann hob er den Stoff an und befühlte die weiche, warme Haut ihrer Leiste. „I'll make you burn, baby!" Seine rudimentären Sätze strotzten nicht gerade vor Poesie. Sie klangen eher nach billigem Porno. Ob es gerade das war, was Stefanie in zunehmendem Maß erregte? Sie blickte vorsichtig zur Seite. Es war tief in der Nacht, fast alle Passagiere schliefen ob der Monotonie des tuckernden Greyhound-Motors.

„Wanna suck my dick? Oh please!" Was war ein „dick"? Stefanie hatte keine Ahnung. Zwei Minuten später war sie jedoch informiert. Wie ein Pilz schoss sein Penis aus der dunklen Jeans hoch, prall, keck und appetitlich. Sie hatte noch nie jemandem „einen geblasen" – ihr langjähriger Freund, Ralf aus Freiburg, stand nicht auf so was.

„You can touch HIM if you want!" Zaghaft berührte Stefanie die geschwollene Eichel und blickte ihm direkt in die Augen. „You make me so crazy!", bemerkte Bruce. Stefanie wandte sich ihm jetzt ganz zu, senkte ihren Oberkörper so weit, bis ihre Brüste die Armlehne berührten und umschloss mit den Lippen die erregte Penisspitze. Erst zögernd, dann mutiger spielte ihre Zunge mit seiner Eichel. Was, wenn die bierbeseelten Jungs auf den Sitzen hinter ihnen aufwachten? Was, wenn sonst jemand zuschaute? Sex im Greyhound war wohl kaum erlaubt. Möglicherweise aber war orale Liebe seit der Clinton/Lewinsky-Affäre legitim.

Stefanie saugte, leckte, züngelte und lutschte, was das Zeug hielt, während Bruce die Augen schloss und sich genüsslich davontreiben ließ. Mit seiner linken Hand trieb er Stefanie an. Er hatte ihr Höschen längst beiseite geschoben und massierte ihre Schamlippen mit einer Technik, die bereits seine drei Exfrauen verrückt gemacht hatte. Das jedenfalls war nicht der Grund, weshalb sie ihn verlassen hatten. „You got that full bush", bemerkte er entzückt und eins war klar: Je geschickter er streichelte, desto intensiver und leidenschaftlicher sog sie an ihm.

Zwischendurch liebkoste er ihre schweren Brüste, die auf der Armlehne lagen und sich so noch praller anfühlten, legte die Hand auf ihren Hintern, aber nichts war so erregend wie ihre enge, feuchte Scheide, die derart fremd und gleichzeitig vertraut auf ihn wirkte. Stefanie fühlte das pulsierende Glied in ihrem Mund, ahnte, dass sich ein gewaltiger Orgasmus näherte. Nein, schlucken wollte sie das Sperma von Bruce auf keinen Fall. Kaum ertönte gepresst sein Schlachtruf: „I am cummin'", zog sie ihren Kopf zurück. Eine klebrige, weißliche Masse spritzte direkt an ihrer Nase vorbei und klatschte an die Rückenlehne des Vordersitzes.

„We are about to arrive in Detroit within 15 minutes." Die Stimme des Fahrers klang leidenschaftslos und müde.

Feuerbusch

Jessica wohnte an der Warschauer Straße. Eigentlich mochte sie Berlin. Auch ihre Wohnung, die weiß getünchten Zimmer, den Blick in den postmodernen und metallgrauen Himmel. Sie wärmte sich die Hände an einer Tasse Kaffee: Ihre Heizung war mal wieder ausgefallen. Jessicas Zehennägel trockneten gerade. Das *vert clair captivant* stand ihren Füßen gut: Jessica hatte dichtes rotes Haar und Grün war die einzige Farbe, die ihr wirklich stand.

Sie freute sich über Radio eins, die auf „heavy rotation" Songs der Zweiraumwohnung brachten. Inga Humpe fand Jessica ganz einfach klasse. Wenig später zwängte sie sich in ihre Jeans, warf ihren Winterpulli über und band ihr Haar straff nach hinten. Im Spiegel gefiel sie sich ganz gut. „Hexchen" hatte ihr Ex immer zu ihr gesagt. Sie suchte noch eine Weile nach ihrem Hausschlüssel, nahm ihre orangefarbene Tasche vom Regal und ließ die Tür ins Schloss fallen.

Hiro stand schon längere Zeit an der S-Bahn-Station – direkt neben dem Früchtestand, der 24 Stunden am Tag geöffnet hatte. Das gab es nur in Berlin: Da verkaufte einer Trauben und Orangen – auch um drei Uhr morgens bei Eiseskälte, wann auch immer die Fruchtlust aufkam. Hiro hatte Lust auf deutsche Frauen. Er mochte sie, obwohl sie meist einen Kopf größer waren als er. Er mochte ihre Stimmen, ihre Düfte, ihre Seelen. Hiro war ein mexikanischer Teufel. Rastlos streifte er herum, lernte Potsdam kennen, hatte Freunde am Halleschen Tor und liebte vor allem eins: den öffentlichen Nahverkehr. Da waren sie nämlich – die Frauen.

Mit übereinandergeschlagenen Beinen saßen sie ihm gegen-über und schauten ahnungslos aus dem Fenster, während Hiro ihre Augenbrauenfarbe studierte, um von dieser auf die Farbe ihrer Schamhaare zu schließen. Dann regte sich sein riesiges Glied, das nicht so recht zu seinen 165 cm Körpergröße passen wollte.

An jenem Freitagmorgen ging Jessica an ihm vorbei. Sie wirkte kühl und unbeteiligt. Gerade das erregte aber seine Aufmerksamkeit, seine Gier. Hiro folgte ihr zur Bahnstation und trat seitlich hinter sie. Wie eine Spinne fixierte er sein Opfer. Sie würde es sein – ja, sie würde mit ihm kommen müssen. Die Bahn war halb leer. Viel Zeit hatte er nicht. Seine Wohnung lag in der Nähe des Gleisdreiecks, einer farblosen Gegend, die wohl nur durch die Nähe des Potsdamer Platzes etwas aufgewertet wurde. Es gab da eine neue Bahnstation – er stieg aber noch immer am Gleisdreieck aus.

„Ich darf mich vorstellen? Hiro." Jessica betrachtete ihn befremdet, als er sich, trotz der vielen freien Plätze, ihr gegenübersetzte. Sein Kopf schien ihr zu groß geraten, die Nase saß schräg und er trug sein langes blauschwarzes Haar straff nach hinten gekämmt. „Ich Schmuck verkaufe", sagte er, „smaragdgrünen Schmuck für dich." Dabei fixierte er sie aus tiefbraunen Augen. Er wirkte treuherzig, hündisch, überhaupt nicht bedrohlich. Das Tier versteckte sich weiter drinnen. „Ehm – na ja –, eigentlich wollte ich einkaufen gehen", entgegnete Jessica. „Ganz in der Nähe ich habe mein Geschäft. Ich dir möchte Schmuck zeigen – bitte!" Wie ein kleiner Junge bettelte er. Sie hatte ja nichts vor. Als Regisseurin war Jessica nicht an gängige Arbeitszeiten gebunden. Etwas an diesem Mann faszinierte sie – und das Leben bestand doch aus solchen Momenten, dachte sie.

„O.K. Ich komme mit, aber nur kurz, ja?" Diese deutschen Frauen! Immer mussten sie eine Grenze setzen: „... aber nur kurz, ja ..." Hiro hatte sein Ziel erreicht. Das Herz schlug ihm bis zum Hals. Diese wunderschöne rothaarige Frau würde ihm in seine Wohnung folgen.

Am Gleisdreieck* stiegen sie aus. Hiro erzählte Jessica von seiner Heimat. Diese Storys hatte er schon oft heruntergeleiert. Sie dienten nur einem Zweck: Vertrauen aufzubauen und einen Draht zu bekommen zu Frauen, wie er sie in seinem Heimatland nicht kannte. Mexikanerinnen hatten schon etwas für sich, bestimmt. Meistens kamen sie aus Bauernfamilien, hatten einen kräftigen Körpergeruch und ließen sich nur mit einem Gedanken auf Sex ein: Kinder, Kinder, Kinder. Die Frauen hier waren anders.

Hiro sah sie in der Sauna, in der Disco, in der S-Bahn, mit übereinandergeschlagenen Beinen. Diese Frauen waren Prinzessinnen – Eisprinzessinnen. Das machte ihn rasend. Noch nie hatte er eine von ihnen in seiner Wohnung gehabt – und jetzt: Jessica.

Sie näherten sich einem mausgrauen 60er-Jahre-Gebäude, das die Architektur eines Kreuzfahrtschiffs hatte und völlig anachronistisch wirkte – mit den stolzen Türmen von Daimler-Benz und Sony im Hintergrund. Die vielen Fenster waren mit bunten Tüchern verhangen, und der umgebende Park war voll mit Hundescheiße. Auf einmal war Jessica schon etwas mulmig zumute.

Zwischen gesprayten RAF-Emblemen mit Kalaschnikows gab's da Silhouetten von Frauenkörpern in eindeutigen Posen, kryptische Schriftzeichen und Morbides an Wänden, Fensterscheiben und Lifttüren: Gesichter mit heraushängenden Zungen, Totenköpfe, Gerippe. Der Lift kam lange nicht, und Jessica wich vor einem jungen Bullterrier zurück, der sie anknurrte.

Hiros Wohnung: Es handelte sich mehr um ein Zimmer. Der einzige abgeschlossene Raum war die Toilette und selbst diese Tür hatte Löcher.

„Du dich setzen", bot Hiro an, „ich mache Tee." Er wusste genau: er musste sie einlullen mit Freundlichkeit, Tee, einem Biskuit, einer weiteren Erzählung aus seinem Leben – aber es würde sich lohnen. Ganz bestimmt.

Jessica machte es sich zwischen den farbigen Tüchern bequem, so gut es ging. Vielleicht war sie verrückt. Eigentlich hatte sie ja am Marlene-Dietrich-Platz einkaufen und sich von der gigantischen Shopping-Mall, die da am Potsdamer Platz aus dem Nichts gestampft worden war, einnehmen lassen wollen. Stattdessen saß sie in der Slumwohnung eines Sozialhilfeempfängers. Vielleicht verdeutlichte ihr aber gerade dieses Erlebnis das Lokalkolorit für ihr nächstes Stück, das in Kuba und Guatemala spielte.

Hiro servierte ihr den Tee in einer billigen Plastiktasse und setzte sich ihr im Schneidersitz gegenüber.

„Und der ... Schmuck?", fragte sie neugierig. Hiro schlug eines der bunten Tücher am Boden zur Seite – und tatsächlich: Da lagen Turmaline, Smaragdketten und Ringe in allen Farben und Formen. Diebesgut?

„Ich darf dich beraten?", gab er sich professionell. Jessica fand das erheiternd.

„Ja klar, nur zu!"

„Dann ... ich muss etwas mehr sehen von deiner hellen Haut – sonst es wird schwierig." Hiro war sehr ernst.

„Hier, schau, mein Handgelenk! Das reicht doch", entgegnete Jessica.

„Nein, gar nicht. Ich muss sehen deinen Ausschnitt." Jessicas Winterpulli hatte einen Rollkragen. „Na also, wenn du meinst...", sagte sie nach kurzem Zögern und entledigte sich des Pullovers. Die Wohnung war eh überheizt. Hiro schluckte leer. Seine mexikanischen Hormone gerieten in Wallung. Das war doch der reine Wahnsinn. Da saß diese Frau, die er eine Stunde zuvor noch gar nicht gekannt hatte, in einem schwarzen Unterhemd in seiner Wohnung und ließ sich von ihm beraten. Hiro kam gleich zur Sache, griff sich eine grüne Perlenkette und legte sie an Jessicas Hals.

„Du zitterst ja", stellte sie fest, „ist was?"

Dann entdeckte sie die Ausbuchtung in Hiros Jeans, die im Moment viel zu eng war für seine einäugige Schlange.

„Komm, ich ahne dein Leiden."

Jessica kannte sich selbst nicht mehr, als sie den Reißverschluss von Hiros Hose öffnete. Sein riesiger Penis schnellte ihr entgegen, glücklich über die Befreiung. Hiro selbst war weniger glücklich. Er hatte sich das anders vorgestellt, hatte Jessica überwältigen wollen. An ihrem Widerstand hatte er sich erregen wollen. Die Frau war viel direkter als er es erwartet hatte. Mit ihrem Mund näherte sie sich seiner geschwollenen Eichel. Jessicas Zunge umspielte seinen Penisschaft und jagte so einen Stromstoß nach dem andern durch seinen Körper. Er hatte sie mit Drogen fertigmachen wollen. Sie lächelte ihn an. Er hatte sie an sein Bett fesseln wollen. Jetzt fesselte sie ihn mit ihren Lippen. Er hatte geplant, sie eine Nacht lang mit einer brennenden Kerze zu quälen. Jetzt brannte er selbst.

Jessica sog noch immer an ihm. Aus seiner Perspektive sah er nur ihre roten Locken, die sanfte Wölbung ihrer Stirn, die wohlgeformte Nase und ihre Lippen, die sich um sein steifes Glied schlossen. Beinahe hätte er gespritzt, aber nur beinahe. Jessica ließ rechtzeitig von ihm ab. Hiro bebte, als sie ihr schwarzes Hemd auszog und ihm einen Blick auf ihre hellrosa Brustwarzen gönnte. Hellrosa! So etwas gab es doch nur in Pornoheften oder Close-ups aus dem Internet (www.abbywinters.com). Jessicas kleine Brüste wirkten wie Juwelen und stellten Hiros unechten Schmuck völlig in den Schatten. Sie stand auf und nestelte an ihrer Jeans. Er blickte erst gebannt auf ihren gepiercten Bauchnabel, dann auf sorgfältig gepflegtes, rotes Schamhaar. Das ließ ihn alles vergessen, was er bisher kannte oder zu kennen glaubte. „Tacos“, stammelte er nur, „Tacos“.

Da griff Hiro in Jessicas Feuerbusch. Sie schrie vor Schmerz und Lust. Die beiden verkeilten sich ineinander. Irisches Feuer – Jessicas Vater war Ire – und mexikanische Glut vereinten sich. Jessica fühlte sich, als würden innere Dämme brechen. Sie krallte ihre Fingernägel in Hiros Rücken; er vergrub sein Gesicht in ihrer Muschi. Wie seltsam sie duftete! Er hatte sich erzählen lassen, dass rothaarige Frauen einen eigenwilligen, aber angenehmen Körpergeruch hätten. Davon konnte er nicht genug bekommen. Hiro küsste ihren Bauch, leckte ihre Achselhöhlen, als wären sie aus Vanilleeis. Da war nur Milde und Schönheit, nicht das Animalische der Mexikanerinnen. Genau das machte ihn rasend: Jessicas intellektueller Touch, ihre Coolness am Anfang, der süßlich-herbe Körpergeruch der rothaarigen Schönheit. Sie lächelte ihn an, sank auf seine Stofftücher – wie eindrücklich ihr Haar mit den mexikanischen Farben kontrastierte! – und zog die Beine an. Jetzt hatte er freien Blick auf Jessicas Tacos.

Er legte seine großen Hände auf ihre Knie und schob ihre Schenkel auseinander. War sein Penis etwa zu groß für diese Frau? Sie stöhnte auf, als er ihn hineinzwängte. Sie fühlte sich wie damals als kleines Mädchen, das jeden Mittwoch die Malschule besuchen durfte. Alles, alles war Farbe. Hiro gab auch alles. Er fühlte sich als Jäger, Eroberer, Beherrscher.

Noch Stunden später spürte Jessica ein leichtes Ziehen im Unterleib, so intensiv war der Verkehr mit Hiro gewesen. Ihre Hand umschloss einen kleinen, grünen Smaragd, den er ihr zum Abschied geschenkt hatte.

* Es ist noch nie eine S-Bahn von der Warschauer Straße direkt zum Gleisdreieck gefahren. Anm. d. Autorin

Die Teufelsf...e

Nein, hier geht es weder um eine Teufelsfee noch um eine Teufelsflöte. Worum in aller Welt könnte es sich also bei einer Teufelsf...e drehen? In Sachen Sexualterminologie sind wir Frauen benachteiligt. Es gibt nämlich keinen fairen und adäquaten Ausdruck für unser Geschlecht.

Möse? Zu vulgär.

Muschi? Zu kindlich.

Scheide? Für den Gynäkologen vielleicht, ja.

F...e? Lieblos.

Teufelsf...e?

Wieder einmal unterwegs nach Zakynthos!

Auf der Fähre zu meiner Heimatinsel geschah es. Ein älterer, gepflegter Herr dem man ansah, dass er von Kleidung etwas verstand, sprach mich mit meinem Namen an.

„Anita Isiris?" Ich fuhr zusammen und wandte mich etwas ab, weil ich den Eindruck hatte, er röntge mein T-Shirt. „Hubert", stellte er sich vor. „Ich bin der Hubert." Er sei von meinen Erzählungen sehr angetan und verbringe jedes Jahr ein paar Monate auf Zakynthos. Hubert ist ein deutscher Industrieller und steinreich, wie ich später noch feststellen sollte. „Gehen wir etwas trinken?" Ich hatte nichts anderes vor – was denn auch auf einer Fähre ..., und vor uns tauchte schon der belebte Hafen von Zakynthos auf.

Ich ließ mich zu einer Cola einladen und wir wechselten ein paar belanglose Worte. Ob Hubert zu den Lesern gehörte, denen ich mal ein Nacktfoto von mir zugemailt hatte? Wir verabschiedeten uns, aber intuitiv wusste ich, dass dies kein Abschied für immer war. Dann erblickte ich Jana. Mein Herz klopfte bis zum Hals, so sehr freute ich mich. Wie schön sie war! Ihr schwarzes Haar glänzte in der Sonne. Sie trug den weißen knöchellangen Rock, den ich ihr im

Vorjahr geschenkt hatte. Meine Schwester. Wir umarmten uns innig; dann ging's nach Hause zu den Verwandten die uns mit Ouzo, Retsina, Feta und schwarzen Oliven empfingen.

„Calispera!", riefen sie mir zu „hallo!"

Ganz am andern Ende von Zakynthos, wo früher einmal Touristen auf der Lauer lagen, um Schildkröteneier zu sammeln, hatten Jana, ein paar Freunde und ich eine kleine Bucht für uns auserkoren. Nacktbaden gehört sich in Griechenland noch heute nicht. Aber eben: Die besagte Bucht war unser Strand. Am Tag nach meiner Ankunft – es war wieder ein herrlich heißer Tag – badeten Jana und ich splitternackt in unserer Bucht. Wie schön Jana aussah mit ihren kleinen, festen Brüsten, dem kräftigen Hintern und dem schulterlangen glänzenden Haar! Sie hatte einen eleganten Schamhaarstreifen ... Intimrasuren waren mittlerweile auch hier in Mode. Unwillkürlich dachte ich daran, dass sie ja Frauen liebte und dieses Paradies Männern verschlossen blieb. Jana lächelte mir zu, als hätte sie meine Gedanken erraten. Wir räkelten uns in der Sonne, ich erzählte von meinem Leben als Sozialpsychologin, sie von ihren Abenteuern auf unserer Heimatinsel. Wie ich die griechischen Sonnenstrahlen auf meinem Bauch liebte! Ich hätte Jana stundenlang zuhören können. Da wurden wir durch eine bekannte Stimme unterbrochen.

„Hey, ihr beiden! Habt ihr Lust, mit mir um die Wette zu schwimmen?" Blitzartig bedeckte Jana ihre Scham und wendete sich Schutz suchend zur Seite. Ich hockte mich hin, zog die Knie an und blickte zu Hubert hoch. Er ließ den Blick ruhig meine Schenkel entlangwandern und verharrte exakt zwischen meinen Beinen – so, als wäre Hubert ein Jäger und nähme dieses kleine, leicht behaarte Etwas ins Visier. Ich verlagerte meine Füße, um mich vor seinem eindringlichen Blick zu schützen. Da sah ich Huberts Erektion. Sie musste gewaltig sein; seine Badehose dehnte sich.

Wie alt war er wohl? Fünfundfünfzig? Für mich gab's nur eins, um ihn von Jana abzulenken: Flucht nach vorn. Ohne ein weiteres

Wort rannte ich ins Wasser und tauchte in die kühlen Fluten, er eilte hinter mir her. Wir schwammen um die Wette, und Hubert siegte. Ich bin keine schlechte Schwimmerin, aber er überholte mich. Prustend schwamm er zurück, auf mich zu und strahlte. Musste ich mir so den durchschnittlichen Leser vorstellen? Schlecht sah er ja nicht aus – und offenbar liebte er Action. Eine halbe Stunde später gingen wir zu unserem Sonnenplatz zurück; Jana hatte sich mittlerweile angezogen und las in einem Buch von Oriana Fallaci. Misstrauisch blickte sie erst zu Hubert, dann zu mir. Er hatte sich noch gar nicht vorgestellt.

Ich erzählte meiner Schwester von unserer Begegnung auf der Fähre. „Du schreibst Geschichten?" Mit großen Augen blickte Jana mich an. „Naja, so zwischendurch, weißt du – nichts Besonderes", antwortete ich ausweichend. „Ich überlass euch beide eurem Schicksal", ließ Hubert sich vernehmen, „darf ich dich mal zum Essen einladen, Anita?" Ich zögerte erst, aber sein Angebot reizte mich. Schließlich sagte ich für den nächsten Abend zu. Was war denn schon dabei, im Urlaub mit einem Leser zu quasseln, dazu Lammbraten und griechischen Salat zu verspeisen und den Duft benachbarter Pinien einzuatmen?

Wir trafen uns in einer Taverne, die er gut kannte. Überhaupt kannte er in Zakynthos jeden Winkel und sprach zu meiner Verwunderung fließend und fast akzentfrei griechisch. Ich saß ihm in einem grünen Abendkleid mit Ausschnitt gegenüber. Im Urlaub werde ich selten ausgeführt, und es reizte mich, ihn anzufachen.

Erst redeten wir über Belangloses – die Kunst des Smalltalks beherrschte er perfekt. Er sah aus wie ein alternder Pierce Brosnan. Er hatte wirklich sehr männliche Züge. Einzig die Goldkette um seinen Hals störte mich. Hubert verfügte über einen enormen Wissenshorizont und wir debattierten über Fritjof Capra, Quantenphysik und die Abgründe der menschlichen Psyche. Der türkische Kaffee, den man hier aus politischen Gründen *café greco* nennen muss, war herrlich und rundete das leckere Mahl ab. Ob ich ihn zu seiner Villa begleiten würde? Auf einen kleinen Ouzo? Unter normalen Umständen hätte ich abgelehnt – aber ich hörte mich „ja" sagen.

Hubert besaß tatsächlich eine Villa! Ein Flügel war noch im Rohbau. Viele vermögende Griechen beginnen zu bauen, dann sinken die Aktienkurse oder das Budget wird überzogen. So ist das ganze Land mit Villen übersät, die keine sind. Betonarmierungen ragen in die Höhe, rostige Eisendrähte zeigen zum Himmel, die Möchtegerngärten verwildern. Hubert hatte seine Villa einem bankrotten Griechen abgekauft und sie zu einem Juwel ausgebaut.

Zwischen Hubert und mir begann es zu knistern, obwohl ich eigentlich nichts von ihm wusste und wollte. Ohne sich zu schämen, ließ er seinen Blick in aller Ruhe mein Kleid entlanggleiten. Ohne Hast zog er mich gedanklich aus. Ja, wir kamen uns näher, der Hubert und ich.

Auf seiner riesigen, pinienbegrenzten Veranda stand eine dekorative Schaukel. Ich setzte mich darauf und schaukelte mich in den Abend. Hubert machte es sich auf einem Lehnstuhl mir gegenüber bequem. „Jetzt erzähl mal, Anita. Welche deiner Storys sind wirklich autobiographisch? Woher kommt deine Phantasie? Hast du sexuelle Vorlieben?"

Immer wenn ich eine seiner Fragen ausführlich beantwortete, lehnte er sich nach vorn. War er kurzsichtig? Wollte er einen Blick auf mein Höschen erhaschen? Mir machte dieses Katz-und-Maus-Spiel Spaß; ich provozierte Hubert bewusst und öffnete hier und da wie zufällig die Beine. Was ist eigentlich an der Stelle, an der die Beine einer Frau zusammenkommen, so Besonderes? Hubert jedenfalls zitterte. Mit heiserer Stimme fragte er mich nach weiteren Details aus meinem Leben. Ich lehnte mich zurück mit meinem farbigen Trinkglas in der Hand und kam mir vor wie auf einer Pressekonferenz. Wie weit würde er gehen?

Da entschuldigte er sich überraschend – das Aufstehen fiel ihm sehr schwer. Seine Abwesenheit wusste ich zu nutzen und zog kurzerhand mein Höschen aus. Nach wenigen Minuten kam er völlig entspannt zurück und stellte uns einen riesigen Kerzenleuchter zur Seite. Hatte er sich erleichtert? Mit ruhiger Hand entzündete er die Kerzen und bot mir einen weiteren Ouzo an. Dann setzte er sich wieder hin und nutzte die nächste Gelegenheit für einen weiteren Blick zwischen meine Beine.

Ja, schau du nur, diesmal lohnt es sich schon eher, du geiler alter Saftsack, dachte ich bei mir. Dann stand ich auf. Hubert sah an mir hoch. Langsam knöpfte ich mein Kleid auf. Als es mir über die Schultern fiel, stand auch Hubert auf.

Wir fanden uns beim Verandasims wieder. Er brachte ein paar schwere, alte Kissen, trat hinter mich und legte die Hände auf meinen Bauch. „Kann uns hier auch ganz bestimmt niemand sehen?“„Ganz bestimmt nicht“, versprach er und streichelte mich. Ich atmete durch. An meinem Hintern vermeinte ich Huberts Schwellung zu spüren. Vor mir lag meine Heimatinsel; ich war hin und her gerissen zwischen Melancholie, der Schwere dieses Sommers und Geilheit.

„Stütz dich jetzt auf dicse Mauer, Anita!“

Aha, dachte ich bei mir, es geht zur Sache. Er erteilt Befehle ... Ich tat aber wie geheißen. Hubert knetete meine Pobacken, erst sanft, dann härter und ich verspürte einen kühlen Luftzug zwischen den Beinen.

„Öffne dich für mich, Kleines, bitte!“, flehte er.

„Welche meiner Erzählungen magst du denn am meisten?“, konnte ich noch fragen, bevor er mit einem harten Stoß in mein Inneres drang.

„Bück dich!“, sagte er, „Bück dich! ist meine Lieblingsstory – weil sie von dir handelt.“ Ich erinnerte mich kurz an jenen Fotografen ... Hubert fickte gut. So gut, dass mir fast schwindlig wurde. „Annette von der Post“ ..., „Feuerbusch“ ..., „Yvonne“ ..., in all deinen Storys beschreibst du ... diese ... engen ... geilen ... Teufelsfotzen! Genau ... das ... ist ... es ..., was ... mich ... so ... geil ... macht! Jetzt ... vögle ... ich ... dich ..., Anita Isiris ..., im Namen ... von ... Poseidon ..., Zeus

…, Odysseus … und Polyphem!“ So oder ähnlich palaverte er und beförderte mich von einem kleinen Orgasmus zum andern. Er hielt mich an den Hüften fest und erdete mich. Ich öffnete ihm mein Geschlecht und einen kleinen Teil meiner Seele. Meine Brüste baumelten, der Hintern vibrierte und Hubert machte sich an meinem Anus zu schaffen. Nein, ich stehe nicht auf Analverkehr. Ich hatte das bis zu jenem Zeitpunkt noch nie mit mir machen lassen. Jetzt hatte ich aber ein intensives Verlangen nach einem starken, neuen Gefühl und war bereit dafür.

Ich schloss die Augen. Wie viele Menschen hatten sich auf meiner Insel in all den Jahrtausenden schon geliebt? Wie hatten sie das gemacht? Als Zeus damals Europa entführte und sich in einen Stier verwandelte … Wohin ging die sexuelle Energie des einäugigen Polyphems? Zu seinen Schafen?

Hubert war so weit.

„Ich … muss … das … mit … dir … machen …, Teufelsfotze!“ Wollte er mich erniedrigen? Ich presste dem steinreichen älteren Mann meinen Hintern entgegen und kam mir einen Moment lang vor wie eine billige Nutte. Dann war mir wieder bewusst, dass ich mich ja auf Zakynthos befand, in meiner Heimat. Hier ist schon viel geliebt worden, bestimmt. Erst verspürte ich einen stechenden Schmerz. Hubert hatte einen stattlichen Penis. „Du … hast … mal … eine … Story … über … eine … Schokospalte … geschrieben … “ Jedes Wort ein Stoß. „Da … ging … es … um … die … Möse … einer … unschuldigen … Frau …“ Herbert geilte sich an meinen Erzählungen auf. Wie gut er diese Storys kannte! „Teufelsfotze!“, sagte er erneut zu mir. „Teufelsfotze!“ Ich wusste nicht mehr, wie mir geschah. Dann spritzte er mit einem Urschrei auf meinem Rücken ab, und zwar derart, dass auch mein Haar etwas abbekam.

Der Rest ist rasch erzählt. Ich duschte mich im Marmorbad seiner Luxusvilla und ertastete vorsichtig mein Geschlecht, wie ich das intuitiv nach jedem Verkehr mache. Es war zu meiner Beruhigung noch alles da. Ich zog mein Kleid an, frisierte mich und ging wie betrunken zurück auf die Veranda, wo Hubert mich mit einem weiteren Glas Ouzo erwartete.

Claires Urlaub

Bis dahin hatte Claire sich nie für Billard interessiert. Sie wusste nur, dass es diese Queue gab, den neckischen Stock, mit dem man bunte Kugeln in beliebige Löcher manövrierte. Die Flitterwochen in Amalfi hatten gut begonnen. Sehr gut sogar. Da gab es zahlreiche hübsche junge Männer. Versonnen starrte Claire auf den Billardtisch – genauer gesagt, auf den ungewöhnlichsten Jeanshintern, den sie an einem Mann je gesehen hatte. Vermutlich handelte es sich um eine Levi's. Derart muskulöse Schenkel gab es sonst nur auf Leinwänden zu bewundern.

Claire nippte an ihrem Espresso. Wo Alfred, ihr Mann, nur blieb? Insgeheim wünschte sie, er möge noch eine Weile fortbleiben, damit sie den Adonis ungestört beim Spiel betrachten konnte. Um irgendetwas zu tun, rückte sie ihr knappes Top zurecht.

„I balloni sotto la T-Shirt", stand darauf, ein Zitat aus einem Gianna-Nannini-Songtext. Geschmeidig bewegte sich der Hintern. Einem Puma geich. Aber wie, verdammt, machte man eine Raubkatze auf sich aufmerksam?

Claire hatte ein Problem: Die besten Stücke liefen ihr immer zu spät über den Weg. Das war doch schon bei ihrem Handy so gewesen. Kaum hatte sie eines – nach etlichen Widerständen – erworben, kam ein schnuckeliges Ding auf den Markt, wahlweise in Rosa, Mintgrün oder Lila mit verziertem Zifferblatt, eingebauter Kamera und einem Monatskalender. Alfred war völlig O.K., klar, so wie ihr Handy. Nur – da gab es Besseres. Alfreds Hintern war flach wie eine Flunder, aber das wäre noch gegangen. Wenn eine Frau liebt, schaut sie über solche Nichtigkeiten hinweg. Leider verstand er aber auch gar nichts von Kleidung. Die bunten Hemden passten zu keiner seiner gestreiften Hosen und waren mindestens eine halbe Nummer zu klein. Seine weißen Feinrippenunterhosen waren echte Liebestöter. Sie hatte ihm das Jawort gegeben. Bevor alle vergeben waren, hatte sie zugeschlagen und dabei das rosa Schnuckelhandy verpasst. In diesem Sommer hatten außerdem schon drei Freundinnen geheiratet. Sein Antrag hatte wohlüberlegt geklungen, grundsolide. Betrügen würde er sie nie, bekam gar nicht die Chance bei den bunt gemusterten Hemden, die er immer trug. Hämisch hatten auf dem Kirchplatz bizarre große Vögel gekrächzt; Claire erinnerte sich genau. Wie bloß reizte man einen Puma? So, dass er einen nicht gleich auffraß, aber eine kleine, süße italienische Nacht lang schnurrte? Unhörbar seufzte Claire. Im selben Moment erschien strahlend Alfred. Er trug ein achtlos in die Hose gequetschtes Hemd mit dicken grünen Punkten – dazu eine helle Hose mit braunen Längsstreifen.

„Perfekt, einfach perfekt ...", dachte Claire ironisch und warf einen letzten Blick auf den Arsch des Billardspielers.

„Ich möchte dich wochenlang verwöhnen, Schätzchen!" Claire schauderte. Abwesend stieß sie mit ihrem Angetrauten auf die Flitterwochen an und wandte sich nochmals kurz dem Billardtisch zu. Die Pasta fresca schmeckte wie Karton, da half auch das Chinotto zum Runterspülen nicht, das sie sonst so liebte. „Was ist mit dir, Käferchen? Bist du so scharf auf mich?" Alfred war so was von unsensibel, der begriff gar nichts. Ein dödeliger, strunzgeiler, doofer Mann – jedenfalls nichts für eine langjährige Ehe, schon gar nicht mit ihr, Claire! Das neue, attraktivere Handy würde sie erstehen, sobald sie in Milano wären – wie aber wurde sie diesen Typen los, der nur darauf wartete, sein Ding in sie reinzustecken? Claire brauchte Ablenkung.

„Ich geh mich rasch umziehen, dann gehen wir spazieren, ja? Ein Tag in Terracotta und Azzurro. Gemächlich ging sie vor ihm her zur Lounge und drückte den Liftknopf. Alfred hatte nur Augen für ihren Hintern, meinte sie zu spüren. Als sie im romantischen Zimmer mit den typischen italienischen Gardinen ihren engen Rock aufknöpfte, eilte er ihr zu Hilfe. Alfred glaubte, er hätte jetzt ein Anrecht auf sie. Schließlich waren sie Eheleute. Er komplimentierte Claire aufs Bett und konnte seine Gier nur schlecht verstecken. Mit schmatzenden Geräuschen küsste er ihren Bauch, ihre Hüften und leckte ihr den Schweiß aus den Achselhöhlen. Er hatte mal gelesen, dass Frauen auf so was standen.

Sein Penis in ihrem Innern fühlte sich so erotisch wie ein Thermometer an. Mit geschlossenen Augen versuchte Claire, den Billardhintern heranzuprojizieren, Alfreds Keuchen, Hecheln und Stöhnen machte das aber völlig unmöglich. Claire ließ ihn gewähren und unterdrückte ein Gähnen. Sie würde am nächsten Morgen früh aufstehen. Alfred war Langschläfer. Das war ihre Chance. Sie würde sich im Dorf ein neckisches italienisches Badekleid kaufen, einen Einteiler, der ihre Speckröllchen ein wenig kaschierte – und bestimmt würde sie unten am Strand ihrem Traummann begegnen. Mit diesen Gedanken ließ sie ihre Scheidenmuskeln ein wenig spielen und verhalf Alfred doch noch zu etwas Freude.

Auf dem Spaziergang teilte er ihr mit, dass am nächsten Morgen eine geführte Expedition in die nähere Gegend stattfinden würde. Die gesamte Expedition würde drei Tage dauern. Claire hasste geführte Expeditionen. In diesem Augenblick entdeckte sie ihren Badeanzug in einem Schaufenster. Kurz entschlossen betrat sie den Laden und erstand ein hellrosa Stück Nichts, das sie vor Alfred lächelnd an ihren Körper hielt. In seiner jungenhaften Hilflosigkeit mochte sie ihn eben doch. Keinesfalls aber würde sie an dieser dreitägigen Expedition teilnehmen. Auf sie wartete der schönste Hintern in Amalfi – und sie würde den dazugehörigen Mann in diesem süßen Badekleidchen erledigen.

Am nächsten Morgen lief alles wie geplant. Um acht Uhr stand Claire auf, machte sich im Badezimmer zurecht und drückte Alfred einen flüchtigen Kuss auf die Stirn. Ihr Herz klopfte so stark, dass sie befürchtete, er könnte es hören. Seine Expedition war auf zehn Uhr angesetzt. Der Strand war menschenleer.

Claire hatte genügend Zeit, ihre Beine auf mehrere unterschiedliche Arten zu arrangieren. Ihre Beine waren ihr Kapital. Wohlgeformt wie in einem Hochglanzmagazin waren sie, bereit für all die aufreizenden Spielchen, zu denen sie aufgelegt war. Da stockte ihr Atem. Genau vor ihr bewegte sich eine knackige schwarze Badehose. Sie konnte nur ihm gehören. Selbst sein Rücken war einmalig; athletisch spannte sich der Trapezius, zudem war der Prachtkerl unbehaart – im Gegensatz zu Alfred: Dessen affenartigen Flaum am Rücken fand Claire peinlich. Der Puma tänzelte in Richtung Meer, schritt dann zügig den Wellen entgegen und verschwand in den Fluten.

Claire blickte sich um. Nicht weit von ihr waren zwei Liegestühle aufgestellt; der eine davon war leer. Auf dem andern räkelte sich eine Oben-ohne-Blondine, die genau so aussah, wie Italiener Frauen mögen. Kritisch sah Claire an sich herunter. Ihre Figur war auch nicht von schlechten Eltern, selbst wenn sie in ausgeschnittenen Abendkleidern ihrem Busen Halt geben musste. Der Po war aber völlig O.K. – und ihre Beine stärkten ihr Selbstbewusstsein.

Da erhob sich das Mädchen vom Liegestuhl und kam auf Claire zu. Sie hatte dieses typische Michelle-Hunziker-Gesichtchen, nichtssagende Titten und hohe Hüftknochen. An der linken Fessel trug das Weib ein Kettchen. Als sie aufs Meer zuging, starrte Claire neidvoll auf ihren madonnaesken Hintern. Zeitlos schön. Sie spielte mit *ihm,* lachte mit *ihm,* spritzte *ihn* an.

Claire hätte in den Liegestuhl beißen können. War sie blöd? Hatte sie sich wirklich eingebildet, dass dieser Prachtbolzen ... ihr gehören könnte? Sie biss auf ihre Unterlippe und setzte sich kerzengerade auf. Die beiden Wasserratten kamen zurück und machten es sich auf ihren Liegestühlen bequem. Das war Claires Chance. Sie streckte sich, machte ein paar Armübungen, zog den Bauch ein, presste ihren Busen nach vorn und ging direkt auf die beiden Liegestühle zu. Im Blickfeld des Knackarschs verlangsamte sie den Schritt und ging mit hüftbetontem Gang über den noch kühlen Sand. Er hatte eine schwarze Sonnenbrille auf; Claire hatte keine Ahnung wohin seine Augen zielten. Womöglich an ihr vorbei in den azurblauen Himmel.

Sie blieb lange unter Wasser und überlegte sich, ob sie je wieder auftauchen sollte. Sie machte sich hier lächerlich, das war klar. Aber sie wollte ihn – und zwar rasch. Ob er auf Frauen in nassen Badeanzügen stand? Sie vermutete, dass ihr neues Teil mehr von ihrem Körper preisgab, als ihr lieb war. Ihm würde sie sich aber gern mit kecken Nippeln zeigen, die den Badeanzug von sich stießen, mit den Konturen ihres Nabels, mit ihrer angedeuteten Spalte. Nur eben: Hingucken musste er – und zwar so lange der Einteiler noch nass war. Als sie wie eine Schaumgekrönte dem Meer entstieg, war der Puma verschwunden. Claire blieb nichts anderes übrig, als sich hinzulegen und von seinen wundervollen dunklen Augenbrauen zu träumen. Von seinen Augenbrauen und allem, was sich weiter unten befand.

Am Abend ließ sie das Gequassel von Alfred über sich ergehen und kaute lustlos an ihrer Pizza Quattro Stagioni. Nicht einmal der Vino Brunello di Montalcino wollte ihr schmecken. Mit fernem Blick spielte sie die aufmerksame Zuhörerin. Davon bemerkte Alfred nichts. Als er später mit kurzen, kräftigen Stößen in sie drang, hätte sie kotzen können. Was bildete er sich eigentlich ein? Flitterwochen bedeuteten doch noch lange nicht, dass er sie einfach haben konnte – jederzeit und immer? Um ein Uhr morgens streichelte sie sich in den Schlaf und träumte von einer gigantischen Confiserie. Die Sahnebaisers waren geformt wie der Knackarsch ihres Superpanthers. Sie kaufte sich gleich mehrere Schachteln der Delikatesse – und erwachte enttäuscht neben dem schnarchenden Alfred. Wenn er sich doch wenigstens die Nasenhaare wegrasieren würde! Zwei Tage lang darbte Claire dahin, zwei Tage lang ereignete sich gar nichts – niemand zeigte sich, weder der Billardprinz noch sein Michelle-Tüpfelchen. Dann jedoch, am Samstag, erschien er wieder.

Direkt vor Claire machte er Liegestütze; sie war elektrisiert und starrte auf die Stelle, an der seine Schenkel zusammentrafen. Dann stand er auf und kam auf sie zu. Dieses dichte, dunkle, wundervolle Haar. Aus der Nähe wirkte er noch unwiderstehlicher.

„Darf ich mich vorstellen? Roberto“, sprach er sie an und hockte sich neben sie in den warmen Sand. „Ich beobachte Sie seit längerer Zeit … Sie tun mir leid. Ich muss es Ihnen einfach sagen.“

Claires Augen weiteten sich; sie näherte sich einem Kollaps.

„Ihr Mann schläft mit meiner Michelle.“ Sie hieß also tatsächlich Michelle! „Sie hat mir das gestern gestanden; die beiden waren zwei Tage lang zusammen auf dieser Expedition.“ Claire atmete tief durch. „Ich werde noch heute abreisen“, bemerkte der Adonis, „und Ihnen wünsche ich alles Gute. Sie haben das nicht verdient.“ Mit tränenerstickter Stimme verabschiedete er sich von Claire und verschwand mitsamt seinem Hintern hinter der Strandmauer.

„Sau!“, schrie sie, „verdammte Alfred-Sau! Nimmst mich mit in die Flitterwochen, versprichst mir das Blaue vom Himmel, von dem, was aber wirklich in deinem Schädel vorgeht, weiß ich nichts!“ Sie schlug mit den Händen in den Sand, dass es nur so spritzte.

Straßenbahn

Es gibt Morgen, an denen ich mich unwiderstehlich fühle. Ich räkle mich dann vor dem Spiegel, fühle mich straff, elastisch, sexy. Einmal, daran erinnere ich mich genau – es war im Spätsommer. Der Herbst duftete bereits, und doch war es noch angenehm warm. Warm genug für mein lindgrünes Minikleid. Es steht mir gut, ich bekomme Komplimente dafür. Das passt gut zu deinem dunklen Teint, der kommt so voll zur Geltung. Ich war mitten in meinem Uniabschluss, und der Professor befreundete sich mit meinem großzügigen Ausschnitt. Ich habe nichts dagegen, wenn mir Männer auf den Busen schauen – meine Brüste sind ein Teil von mir, und damit hat sich's.

Leichten Schrittes ging ich auch an diesem Morgen Richtung Straßenbahn. Es war bereits zehn Uhr und die Fahrzeuge waren überfüllt von schwer beladenen Hausfrauen, bleichen Managern und Girlies, die zwar jünger waren als ich, sich aber ebenso gern zeigten. Schließlich war es einer der letzten warmen Tage. Der Sommer ging zur Neige. Ich stieg ein, quetschte mich zwischen die Sitzreihen und platzierte mich auf ein paar bescheidenen Quadratzentimetern. Die Bahn fuhr an – und ich war zwischen diesen Morgenmenschen, die weiß Gott was vorhatten, eingekeilt. Da drücken sich Leute an einen aus Platznot oder weil sich die Gelegenheit bietet Frauenhintern zu streifen, zu berühren, ganz anonym und ohne Aufsehen – versteht sich.

An jenem Morgen spürte ich, wie sich der Saum meines Kleidchens bewegte. Es hört Mitte der Oberschenkel auf; an dieser Stelle empfand ich ein leichtes Kitzeln. Instinktiv wich ich zurück, so gut es eben ging in der Menschenmenge. Das Kitzeln ließ nicht nach und wurde zu einem Streicheln. Sollte ich mich jetzt lächerlich machen? Jemand Unbekannten, der damit vielleicht gar nichts zu tun hatte, anschreien? Weil die Fahrt nur zehn Minuten dauern sollte, ließ ich mir nichts anmerken und die Hand gewähren. Sie tastete sich höher. Verdammt! Das ging zu weit. Was bildete der sich ... Ich blickte zur Seite, wollte aber nach wie vor nicht als prüde Zicke gelten und richtete den Blick auf eine Plakatwerbung. Unbeirrt und doch vorsichtig tastete die Hand sich höher. Irgendwann hielt sie still – an der Stelle, wo meine Beine zusammentreffen. Kurz überlegte ich, was für einen Slip ich trug. Er war rosa und trug nicht auf – so die Werbung.

Die Straßenbahn bremste abrupt, ich musste mich an einer Stange festhalten um mich meinem Vordermann nicht ungebührlich zu nähern. Der Griff unter meinem Kleid wurde fester; die Hand legte sich um mein Geschlecht. Seltsam, aber die Situation begann mich zu amüsieren. Da leben bald zwölf Milliarden Menschen auf diesem Planeten, rund 24 Milliarden Hände, und eine davon suchte sich ein Plätzchen an meiner intimsten Stelle, und das völlig anonym.

Die Hand übte jetzt sanften Druck aus. Ich hielt weiterhin still. Es war eine feingliedrige Hand, das spürte ich. Der Zeigefinger tastete sich jetzt frech an meinen Schamlippen entlang und zeichnete eine Furche in meinen Slip. Mir wurde warm. Die Fahrt dauerte noch fünf Minuten. Wer zum Teufel ..., dann schob sich die Hand über meinen Bauch und begann ihn sachte zu massieren. Ich wollte gar nicht mehr wissen, zu welchem Menschen die Hand gehörte. Ich klammerte mich an die Stange vor mir. Die andern Fahrgäste waren in Zeitungen vertieft oder schliefen mit ihren iPod-Stöpseln in den Ohren, so dass sie von unserem intimen Flirt nichts mitbekamen. Ich versuchte, ruhig zu atmen. Mit Atmung kann man viel machen, das weiß ich.

Die Hand glitt wieder nach unten. Ich werde rasch feucht, auch dieses Mal. Die Hand tastete wieder. Jetzt schob sich ein Finger unter meinen Slip und suchte die Öffnung. Ganz unauffällig öffnete ich die Beine, um ihm die Suche zu erleichtern. Er drang aber keineswegs in mich ein, sondern vergnügte sich an meiner Vulva. Mit dem Becken folgte ich kaum merklich seinen Bewegungen. Die

Hand verstärkte ihren Druck an meiner Muschi wieder. Ich schloss die Augen – und hätte beinahe meine Haltestelle verpasst. Ohne mich umzublicken, griff ich nach meiner Tasche und verließ mit weichen Knien das öffentliche Fahrzeug.

Draußen blieb ich stehen und sah durchs Fenster eine junge Frau, die mich anblickte und sich die Finger ableckte, jeden einzeln.

Sina und der Aal

Kein Tag im ozeanischen Inselreich ist derart farbenprächtig wie der Markttag. Die Frauen tragen bunte Pareos, die Männer blumengeschmückte Hüte. Ziegenmilch wird feilgeboten, Schmuck, getrocknetes Fleisch und Musikinstrumente, deren Klangkörper aus einer veredelten Kokosnuss besteht.

Es begab sich an einem solchen Tag, dass sich der Prinz von Fidschi mal wieder unters Volk mischte und an den geschmückten Ständen entlangwandelte. Er war ein Träumer. Hinter vorgehaltener Hand fragten sich viele, ob er wirklich dereinst die Regierungsverantwortung tragen könnte.

Worauf er seinen Blick richtete – ein Blick aus tiefschwarzen, von langen Wimpern geschmückten Augen – waren aber nicht kunstvoll gefärbte Tücher oder appetitlich hergerichtete Früchte. Nein, der Prinz war hingerissen von der Schönheit einer Inselbewohnerin. Sina. Sie verkaufte Nonisaft und hatte keine Ahnung, was dem Prinzen bei ihrem Anblick durch den Kopf ging. Schon seit 2000 Jahren braute die polynesische Bevölkerung aus Morinda Citrifolia ein berauschendes Getränk, genannt Noni. Gegen Allergien sollte es helfen, bei bakteriellen Infektionen, Verbrennungen und Fischvergiftungen.

Sina zog die Aufmerksamkeit vieler Inselbewohner auf sich. Ihre dralle Figur ging mit einem seelenvollen Charakter, einer warmen Stimme und zartgliedrigen Händen einher. Es ist leider den wenigsten Prinzen dieser Welt vergönnt, sich unbeschwert zu verlieben und so ihr Schicksal zu vollenden. Dem Prinzen von Fidschi ging es da nicht besser. Er war bereits versprochen und befand sich in einer ausweglosen Situation. Er hatte aber einen Vertrauten: Lumor. Ihn würde er auf Sinas Fährte schicken. Lumor sollte diskret ihre Lebensgewohnheiten ermitteln. Es verging keine Woche, da betrat der listige Polynesier die Gemächer des Prinzen. Er hatte herausgefunden, dass Sina die Tochter einer armen Fischerfamilie war und sich mit ganzem Herzen für ihre Angehörigen einsetzte. Sie knüpfte Netze, schrubbte die sonnengebleichten Holzböden und produzierte die beste Fischsuppe im ganzen Inselreich. Liebhaber gab es keine. Seit kurzem trieben nämlich christliche Missionare auch in der Südsee ihr Unwesen und hatten die freie Liebe strengstens untersagt. So beschlich auch die lebensfreudigen Polynesier das schlechte Gewissen der gesamten Christenheit, die dieses Problem seit der biblischen Apfelstory kennt. Die keusche Sina hatte aber dennoch eine Leidenschaft, der sie täglich frönte.

An einem Wasserfall im Landesinnern genoss sie täglich ein Bad, gut geschützt von dichtem Buschwerk, das nur diejenigen zu durchdringen verstanden, die die Gegend kannten. Der Prinz hörte nur noch mit halbem Ohr zu, dermaßen erregte ihn der Gedanke, Sina bei ihrem Bad zu beobachten. Diese Phantasie war aber derart verwegen, dass er sie nicht einmal Lumor anvertrauen konnte. Er entlohnte seinen Spitzel fürstlich und versank in stundenlanges Brüten. Es gab nur einen Weg, Sinas Körper zu erkunden: Er musste sich in einen Aal verwandeln – wohl wissend, dass es von dieser Verwandlung keine Rückkehr gab. Er liebte Sina. Das Essen ließ er seit Tagen in den Schalen ruhen, den Mond betrachtete er nicht mehr und wälzte sich Abend für Abend stundenlang in seinem Schlafgemach.

In einer dieser schlaflosen Nächte stellte er eigenhändig die Essenzen zusammen, die für die Verwandlung vonnöten waren und machte sich auf den Weg ins Landesinnere. Nach langem Fußmarsch erreichte er den Wasserfall. Er war aufs Höchste erregt. Hier also war der Erdenfleck, an dem Sina sich Tag für Tag ihrer Badeleidenschaft hingab – wohl der einzige kleine Luxus in ihrem arbeitsreichen Leben.

Er betrachtete ein letztes Mal den Vollmond, schloss die Augen und trank in einem Zug die bittere Zauberessenz, die er in einer Lederflasche bei sich trug. Augenblicklich schrumpfte er zu einem Aal zusammen und schlängelte sich ins Wasser. Dort, zwischen Steinen und Algen, harrte er aus.

Ein feuchtwarmer Morgen senkte sich übers Inselreich. Das Wasser kräuselte sich sanft, und ein leichter Wind bewegte die Blätter der Kokospalmen. Sina knöpfte gedankenverloren ihren Pareo auf. Am Meeresstrand, mit ihren Freundinnen, stieg sie immer mitsamt ihrer Kleidung ins Wasser. Das war so üblich. Das Wasserfallritual gehörte aber nur ihr ganz allein. Sina liebte diese Minuten der Einsamkeit. Bald würde sie sich wieder um die Fischernetze, ihren ewig hungrigen kleinen Bruder und den sabbernden Großvater kümmern müssen.

Nackt setzte sie einen Fuß ins Wasser und erschauderte. Dann wagte sie ein paar beherzte Schritte, bis ihr das Wasser an den Oberschenkeln stand. Dem Aal fielen fast die Augen aus dem Kopf. Aus seiner Perspektive sah er nur Sinas Füße, Waden und Schenkel. Aber was für Füße! Was für Waden! Was für Schenkel! Je tiefer sie ins Wasser watete, desto mehr bekam er von ihr zu sehen. Als er ihr tiefschwarzes Wäldchen erblickte, versteifte er sich, so erregt war er. Es störte ihn keineswegs, dass Sina sich auf einen Stein setzte und er sich so nur mit ihrem Unterkörper zufriedengeben musste. Diese wunderbaren Konturen! Sina hatte den Hintern einer Göttin. Dieser elegante Rücken! Selbst in ihre Kniekehlen verliebte sich der Prinzenaal. Dann sah er etwas, das ihn vollends die Fassung verlieren ließ.

Sina öffnete ihre Schenkel und streichelte zärtlich ihr Wäldchen, das sich dazwischen befand. Der Prinz bekam eine zartrosa Muschel zu sehen – etwas, das er in seinem Prinzenleben nie zu Gesicht bekommen hatte. Er schwamm näher heran. Das war doch ..., nein, das war zu viel für ihn. Wie seine Geliebte ihren Unterleib bewegte, langsam und kreisend ..., wie sie ihr Becken vorschob ..., wie sie ihre Muschel spreizte ..., der Aal wurde dermaßen steif, dass er kaum mehr in der Lage war zu schwimmen und im schlammigen

Boden versank. Tags darauf wiederholte sich das Schauspiel. Erst nach einer Woche wurde dem Prinzenaal sein anatomisches Interesse zum Verhängnis. Fasziniert lag er vor Sina im Wasser und näherte sich ihrem Liebesloch, an dem Sina mit ihren zartgliedrigen Fingern herumspielte. Ob er sich da drin wohl fühlen würde? Er konnte den Gedanken aber nicht zu Ende denken. Energisch fasste ihn die Geliebte in der Leibesmitte und zog ihn aus dem Wasser.

„Hab ich dich endlich!", lachte Sina triumphierend und hielt ihn in die Höhe. „Was fällt dir denn ein? Hm?" Der Prinzenaal erschreckte sich. Die Worte blieben ihm im Hals stecken. Er konnte nicht einmal seine wahre Herkunft erläutern. „Den Kopf werde ich dir abschlagen lassen!" Der Aal war aber von Sinas nacktem Oberkörper hingerissen. Er ignorierte sein nahendes Ende. Wie ihre Wangen glühten! Die Hibiskusblüten in ihrem Haar! Ihre nussbraunen Augen waren von derselben Form, eine Eigenheit vieler Südseefrauen. Diese geschwungenen Schultern! Sinas Brüste faszinierten ihn. Sina hatte in der Tat keine gewöhnlichen Brüste. Sie besaßen die Form von Kokosnüssen. So prall und fest. Ihre Freundinnen erblassten stets vor Neid, wenn sie sie sahen. Das Wasser perlte an den dunklen Brustwarzen ab. Sina hatte riesige Nippel. Wie gerne hätte der Aal seinen Kopf daran gerieben, aber die Situation erlaubte es nicht.

Sina schlang sich in ihren rotgelben Pareo, den Aal noch immer in der Hand haltend, und machte sich auf dem Weg zu ihrem Vater. Sie würde ihre Drohung wahr machen. Keiner sollte sie beim täglichen Bad belästigen. Lachend klatschte Sinas Vater in die Hände.

„Was haben wir denn da?" Sina erzählte ihm nicht die ganze Geschichte, weil es ihr peinlich war. Ihr Vater legte das Tier auf eine Holzbank, schwang das Fischbeil drei Mal über seinem Kopf ... und ... ZACK! Der Kopf des armen Aals landete direkt in Sinas Schoss. Ein letztes Mal schaute er sie an.

„Ich bin der verwandelte Prinz von Fidschi", sagte er, „und ich liebe dich."

Sina erstarrte. Allmählich wurden die Augen des Aals stumpf, noch stumpfer als Aalaugen sonst schon sind, und er sagte einen letzten Satz: „Begrabe mich in der Nähe deiner Quelle. Aus mir wird ein Kokosbaum wachsen und das Fleisch seiner Früchte soll dich laben, seine Blätter sollen dir Schatten spenden." Dann entschlief er. Sina kullerten ein paar Tränen über die Wangen, so gerührt war sie. Sie tat, wie ihr geheißen – und binnen Wochenfrist schoss die schönste Palme aus dem Boden, die die Insel je gesehen hatte. Sie trug achtzehn Kokosnüsse, für jedes Lebensjahr, das Sina bereits hinter sich gebracht hatte, eine. Seither haben beim genauen Hinschauen alle Kokosnüsse das Gesicht eines Aals.

Was Sina nicht wusste: Fortan wurde sie dutzendfach beim Baden beobachtet – von jeder Kokosnuss ein Mal.

Das durchsichtige Pferd

Frau, die du diese Geschichte liest: Hast du auch Tagträume? Standest du nicht auch schon verträumt an der Aldi-Kasse, hast gedankenverloren den hübschen Verkäufer angestarrt und dir gedacht: mein Gott! Dieser Mann ist es, muss es sein! Diese flinken Finger, mein Gott! Ich darf mir gar nicht ausmalen, was er mit seinen Lippen und seinen feingliedrigen Händen sonst noch so alles anstellen könnte ...

Mann, der du diese Geschichte liest: Hast du auch Tagträume? Hast du auch schon verträumt aus dem Bahnfenster geschaut und dir gedacht: Die Frau dort drüben auf dem Bahnsteig ist es! Mein Gott! Diese weiße Bluse! Ihr wehendes blondes Haar! Ihr knackiger Jeanshintern! Wenn sie bloß nackt dort stünde!

Wie dem auch sei: Von einem durchsichtigen Pferd habt ihr bestimmt noch nie geträumt.

In Glasdorf aber lebte vor vielen Jahren ein junger Mann, hübsch von Angesicht. Seine große Leidenschaft waren Pferde. Nein, ich rede nicht von edlen Zuchtpferden, sondern von kräftigen, gedrungenen Bauerngäulen mit feurigem Blick und muskulösen Schenkeln.

In Zeiten des Internet kann sich das kaum noch jemand vorstellen, aber Johann, unser Protagonist, hatte bis dato noch keine wirklich nackte Frau zu Gesicht bekommen. Was bedeutet wirklich nackt? Nun ja, der weibliche Oberkörper war Johann durchaus vertraut, denn Gerlinde vom Oberen Dorf ließ ihn ab und zu an ihren Brustwarzen lutschen, wenn er ihr Hafersäcke für ihre zwei Pferde anschleppte. Aber was war da unterhalb des Nabels? Johann wusste es nicht, und das mit 32 Jahren. Sein ganzes Sehnen und Streben galt daher den kräftigen und schönen Kreaturen in Reymund Krengers Stall.

Krenger war kein schlechter Herr. Er hielt die Bediensteten gut, wenn er sich auch ab und zu an einem der jungen Gärtner vergriff. Aber das verzieh man ihm, denn ihm gehörte halb Glasdorf. Der Schreiner, die Müllerin, der Kürschner, der Hutmacher und sogar der Juwelier arbeiteten für ihn – ganz zu schweigen von den vielen Glaskünstlern, die die Gegend kulturell belebten. Glasdorf war an einem Berghang gelegen und Handelszentrum, religiöser Kern und Sündenpfuhl in einem.

Die Anatomie der Pferde und deren Bewegungsfreude hatten es Johann angetan. Nein, er war kein Sodomist, beileibe nicht. Aber er liebte es, die muskulösen Pferdehintern zu tätscheln und zu streicheln. Bei seinen Tieren fühlte sich Johann niemals einsam. Wenn die Kirche vier Uhr schlug, begann er mit dem Striegeln. Die Pferde vertrauten ihm; etliche der fünfundzwanzig Rösser schnaubten und furzten wonniglich, wenn er den Stall betrat.

Besondere Freude bereitete es Johann aber, wenn er Gehilfen weiblichen Geschlechts anvertraut bekam. Die weniger Hübschen ließ er für sich arbeiten, hatte eines der Mädchen aber Engelslocken, hob er sie auf eines der Pferde, die er zuvor an den Mittelpfosten im Stall gebunden hatte. Welch herrlicher Anblick bot sich ihm da! Ein junger, draller Mädchenhintern schmiegte sich in den speckigen Sattel, während die Schenkel des Pferdes das Gemälde optisch abrundeten. Jedes Mal wurde Johann geil wie eine Runkelrübe. Er konnte sich an den Rundungen nicht sattsehen.

Dann kam der Tag, an dem Reymund Krenger dem Johann die Syrte vorstellte. Syrte war hochgewachsen, hatte lange, schlanke Arme und aufreizend helle Haut. Eine aus der Stadt, sinnierte Johann, aber was für eine. Syrte trug ein langes weißes Kleid, das ihr zusätzliche Eleganz verlieh. Tiefschwarze Locken kringelten sich an ihrer Stirn. Bei der Begrüßung jedoch blickte Syrte durch Johann hindurch: Sie war blind. „Du musst mit Syrte sehr einfühlsam umgehen, wenn du ihr das Reiten beibringen willst“, sagte Reymund Krenger ernst und verabschiedete sich.

Gelegentlich lehrte Johann Frauen aus der Stadt das Reiten; Syrte lernte sehr schnell. Es verging keine Woche, bis sie auf Rabid, dem energischsten der fünfundzwanzig Pferde, traben konnte. Syrte und Rabid passten bestens zusammen; Johann musste sie nicht einmal aufs Pferd heben; Syrte schwang sich selber hoch. In der dritten Woche ihrer Reitschule aber zerriss ihr dünnes Kleid, durch das hindurch Johann die Wölbung ihres prallen Hinterns erahnen konnte. Widerwillig machte er sich auf die Suche nach einem leinenen Ersatz.

Trotz ihrer Blindheit spürte Syrte seine Blicke auf sich ruhen, als sie sich mitten im Stall umzog. Sie machte ein paar Schritte nach links und wurde so von Rabid, dem kräftigen Hengst, verdeckt. Er schützte sie vor gierigen Blicken. Johann konnte nur mehr ihre Beine sehen, an denen entlang das weiße Kleid zu Boden fiel. Sein Herz klopfte bis zum Hals. Eine gewaltige Erektion beulte seine Hose aus. Syrte liebkoste mit leichten Fingern Rabids Rücken und schlüpfte ins schwere Leinenkleid. Fortan zog Syrte sich im Schutz ihres Pferdes Rabid um. Johanns Phantasie war entflammt. Wo kamen Syrtes Beine zusammen? Wie sah sie da unten aus? Gab es da Unterschiede von Frau zu Frau? Wohin legte oder schob man eigentlich den Penis, wenn man Kinder wollte?

Was Johann an Syrte vor allem faszinierte, waren ihre Augen. Obwohl sie nichts sehen konnten, strahlten sie eine Wärme aus, denen sich niemand zu entziehen vermochte. Ihre Pupillen hatten nahezu dieselbe dunkelbraune Farbe wie die Iris, was Syrtes Augen noch größer erscheinen ließ, als sie es schon waren. Bald kam der Tag, an dem Johann Rabid vom Mittelpfosten losband und er neben Syrte einherritt. Syrte auf Rabid, Johann auf Aurore, dem einzigen Schimmel. Es war ein herrlicher Frühlingstag. Die Bäume streckten ihr frisches Blattgrün der Sonne entgegen. Reymund Krenger stand an der Tujahecke und weidete sich am Anblick der beiden Reiter. Er mochte Johann sehr und auch Syrte, seine Nichte, war ihm ans Herz gewachsen.

Johann hatte des Nachts in seiner Dachkammer neuartige Träume. Syrte schwebte ihm in einem kurzen Kleidchen mit nackten Brüsten entgegen. Klein und spitz waren sie, ausgesprochen neckisch. Syrte legte sich neben Johann auf ein breites Bett, und er kitzelte sie. Mehr nicht. Er kitzelte sie am Hals, unter den Armen, als sie sich vertrauensvoll ausstreckte, am Bauch, an den Fußsohlen …, den geheimnisvollen Bereich zwischen ihren Schenkeln ließ er aus. Syrtes Augen weiteten sich in Wolllust, ihre Lippen kräuselten sich belustigt, als er ihre kitzligste Stelle entdeckte: ihren Nabel. Dieser Traum wiederholte sich. Johann kam jedes Mal mit kräftigen Spritzern, ohne dass er sich berührte. Wenn er der realen Syrte dann tags darauf begegnete, konnte er seine Erregung nur schwer zügeln.

Endlich kam der einzige Sonntag im Monat, an dem Johann freihatte. Er liebte die würzige Landluft und hielt sich am liebsten auf dem Glasberg auf, der sich hinter dem Dorf erhob.

Beim Glasberg handelte es sich um einen Hügel, auf dessen Kuppe eine riesige schattenspendende Eiche stand. In deren Schutz verspeiste Johann jedes Mal ein Stück Braten, das Krengers Frau, Lisa, am Vorabend liebevoll zubereitet hatte. Dazu trank er wertvollen Met aus einer Armeeflasche. Das war das höchste der Gefühle. Hier konnte er sich entspannen und in der Welt versinken. An jenem Sonntag träumte er nur von Syrte.

Erst gegen Abend machte er sich auf den Rückweg und genoss den Anblick der Dächer seines Dorfes, die in der Abendsonne golden glitzerten. Meist ging er nicht auf direktem Weg zum Gut, auf dem er wohnte, sondern schlenderte durch Seitenstraßen und bewunderte die Auslagen der Künstler, die Glasdorf bevölkerten. Nirgends sonst konnte es derart schöne Vasen, derart edle Gedecke und derart naturnah gestaltete Tiere wie in Glasdorf geben. Mit vor Stolz geschwellter Brust bog Johann, zufrieden mit sich und der Welt, um die nächste Ecke und erstarrte.

In Sebastian Zellwegers Laden stand ein lebensgroßes Pferd aus Glas. Es war durchsichtig und wirkte so authentisch, dass der Eindruck entstand, seine Nüstern würden beben. Bewegte sich da nicht auch der Schweif ein wenig? Johann wusste sofort, dass er dieses Pferd besitzen musste. Seine paar Gulden, die er zur Seite gelegt hatte, würden aber kaum ausreichen für den Kauf dieses gewaltigen Kunstwerks. Das Glück kam ihm aber entgegen.

Auch Reymund Krenger hatte nämlich einen Blick auf das durchsichtige Pferd geworfen und war genau so fasziniert wie sein Pferdeknecht Johann. Dieser bekam tellergroße Augen, als am Mittwoch der folgenden Woche ein Pferdegefährt mit einem breiten Wagen auf die Ställe von Krengers Gut zukam. Auf dem Holzwagen stand ein eingehülltes Etwas in Form eines Pferdes. Reymund Krenger saß neben dem Kutscher, rief ihm etwas zu und sprang dann auf den Kiesweg.

„Johann, ich habe soeben ein durchsichtiges Pferd erworben!“, teilte er ihm mit und schmunzelte. Johann wurde heiß und kalt gleichzeitig. Er hatte erahnt, was sich unter der Stoffhülle befand. Zu dritt hievten die Männer das schwere Kunstwerk vom Wagen herunter und keuchten ob der Last.

„Am besten stellen wir es gleich in den Stall, als sechsundzwanzigstes Pferd sozusagen“, lachte Reymund Krenger zwischen zwei Atemstößen und packte wieder an.

Für Außenstehende bot sich ein seltsames Bild: Drei Männer hievten an einem lauen Frühlingssonntag unter größter Anstrengung ein verhülltes Pferd in einen Stall. Mit theatralischer Geste zog Reymund Krenger das hellgrüne Seidentuch weg und enthüllte das durchsichtige Pferd, das jetzt genau zwischen Rabid und Aurore zu stehen kam. Die beiden Pferde scheuten zuerst und wurden unruhig, gewöhnten sich aber rasch an ihren gläsernen Partner. Was wohl würde Syrte zum durchsichtigen Pferd sagen?

Wie gewohnt erschien Syrte kurz nach Mittag. Sie wurde von Lisa Krenger in den Stall geführt. Trotz ihrer Blindheit konnte sie sich sehr gut orientieren und ging geradewegs auf Rabid zu. Syrte zuckte zusammen als sie an ihrem Arm das kalte Glas des neuen

Stallbewohners fühlte. Dann wurde sie neugierig und betastete das Kunstwerk. Was Syrte an Sehkraft fehlte, das wog sie mit der Sensibilität ihrer Finger auf. Ruhig und mit großer Sorgfalt erkundete sie das Glaspferd. Sie war allein im Stall; Johann war auf dem Vorplatz beschäftigt. Syrte fuhr dem Glaspferd über den Rücken und störte sich nicht daran, dass Rabid eifersüchtig schnaubte. Sie betastete die gläserne Mähne, die Vorderflanken, die Nüstern und verweilte längere Zeit bei den Augen des Pferdes. Johann riss sie aus ihrer Träumerei, als er sie begrüßte.

„Gefällt dir dieses Wesen hier?“, fragte er sie neugierig und drückte ihr die Hand.

„Oh ja“, strahlte Syrte und schenkte ihm einen ihrer seelenvollen, etwas verlorenen Blicke. „Gehen wir draußen reiten?“

„Na klar, zieh dich um“, forderte Johann sie auf. Er drückte ihr das feste Leinenkleid in die Hand. „Kannst dich ja direkt hinter diesem neuen Pferd umziehen“, schlug er ihr vor. Die blinde Syrte wusste ja nicht, dass das Kunstwerk, das sie soeben neugierig ertastet hatte, durchsichtig war und alles von ihr preisgeben würde.

In vielen Dörfern der damaligen Zeit waren Unterkleider werktags nicht angesagt; Frischluft tat den intimen und geheimnisvollen Regionen gut, hieß es im bäuerlichen Volksmund. Auch Syrte war unter ihrem hübschen blauen Frühlingskleid, das ihre Stiefmutter ihr genäht hatte, splitternackt. Die Stiefmutter war es auch, die Syrte das Reiten ermöglichte. Johanns Herz raste, als er sich auf der andern Seite des durchsichtigen Pferdes auf einen Hocker setzte. Hinter ihm wieherte Aurore verächtlich, so, als wollte sie ihn für sein voyeuristisches Treiben schelten. Langsam zog Syrte sich ihr Kleid über den Kopf. Sie hatte ja Zeit und freute sich auf den Ritt. Als der Saum ihren Oberschenkeln entlang hochglitt, schmerzte Johanns Erektion bereits. Dann bekam er es zu sehen: Syrtes braun gelocktes Haardreieck. Johann beugte sich vor. Der leicht gewölbte Glasbauch, durch den er starrte, hatte auf Syrtes Scham einen Vergrößerungseffekt. Johann war hingerissen. Diese Schenkel! Dieses wunderbare Haar da unten! Syrtes Bauchnabel! Syrtes spitze Brüste, die genauso aussahen wie in seinen feuchten Dachkammerträumen. Er hätte sie ewig betrachten können, aber der nackte Moment währte nur kurz. Bald entschwand Syrtes Körper im schweren Leinengewand, und Johann war mit sich und seiner Phantasie allein. Aber er hatte eine nackte Frau gesehen, zum ersten Mal in seinem Leben, mit 32 Jahren.

Olio di Vergine

Lorenas Anus glänzt matt im Widerschein der beiden Kerzen. Es gibt nichts mehr zu verbergen vor Luca, dem sizilianischen Arzt, der sie schon so oft untersucht hat – allerdings bisher nicht in ihrer Intimregion. Luca ist Hals-Nasen-Ohren-Spezialist und kennt Lorenas Hals, als wäre er eine Landkarte. Schon als kleines Mädchen war Lorena zu ihm gegangen – mit ihrer Mutter. Bereits beim kleinsten Grippeanflug wurde das einzige Töchterchen des einflussreichen Kommunalpolitikers Nino d'Ambrosio zum Arzt geschleppt.

In Milazzo, der stolzen Stadt im Norden Siziliens, gibt es nur wenige Spezialisten – Luca di Tosio ist der Kompetenteste unter ihnen. Aber zurück zu Lorenas Analregion.

Respektvoll berührt der erfahrene Arzt ihren Damm. Diese kleine unscheinbare Stelle trennt Lust von Sünde. Die Spiele an Lorenas Hintern sind der Vorhof zur Hölle, die Freuden am Rande der Vagina. Diese gilt dem gläubigen Katholiken Luca di Tosio als das wahre Sündenzentrum, als Pfuhl der Verderbtheit. Für Lorenas Ehre ist es wichtig, dass ihr *Imene,* das Jungfernhäutchen, bei all den verwegenen Spielereien unverletzt bleibt. Dafür steht ihr Anus dem Liebhaber offen. Die *Corona Verginale,* der Jungfernkranz, soll noch eine Zeit lang das erhabene Haupt der sizilianischen Schönheit küren.

Ich bin Lorena. Mit meinen 18 Jahren habe ich noch nicht viel erlebt, was das Sexuelle anbelangt. Schon darüber zu schreiben bereitet mir Mühe. Ob mir das überhaupt gestattet ist? Ich betrachte mich als moderne Sizilianerin, *naturalmente. Sono una donna fiera e moderna.* Ich unterscheide mich grundsätzlich von meiner Mutter, die unsere Pasta noch von Hand herstellt, um sie dann am Drahtgeflecht, das die Decke unserer alten Küche verunstaltet, zum Trocknen aufzuhängen. Zum Heiraten fühle ich mich noch viel zu jung; ich möchte reisen, eine Ausbildung machen, etwas erleben. Meine

Freundinnen tun das auch. Sie haben noch eine Gemeinsamkeit mit mir, meine *Amiche:* Wir sind alle unberührt – vorne, meine ich. Hinten aber haben sie uns geöffnet, die Männer, und wir geben uns ihnen in Vorfreude.

Mein Name ist Dottore Luca di Tosio. Mir gefällt das Akademische an meinem Namen. Er klingt gut. Sehr gut sogar. Über Frauen rede ich gerne, sehr gerne sogar. Im Moment habe ich die süße Lorena vor mir. Sie ist eine wertvolle Frau – die Tochter des Kommunalpolitikers Nino d'Ambrosio. Ich will die Ehre dieser altehrwürdigen Familie wahren – und mich gegenüber dem *Babbo* nicht versündigen. Darum spiele ich an Lorenas Anus. Mehr will ich nicht. Noch nicht. Lorenas Pobacken glänzen appetitlich; ich habe ihr das *Olio di vergine,* das Jungfrauenöl, einmassiert. Als gebildeter und gläubiger Mann weiß ich, wo das Spiel aufhört und die Sünde anfängt. Lorenas Schamlippen sind tabu, selbstverständlich. Ihr rosa Löchlein hingegen ist erlaubt, selbst wenn der Papst mir dabei zusehen würde. Ich bewege mich am Rand zur Hölle, ich weiß. Ob ich meinen Finger reinstecken soll? Wie wird Lorena reagieren? Wird sie stöhnen? Wird sie lachen? Wie ich ihr Lachen liebe!

Lorena drückt ihr Kreuz durch, so, als ob sie Lucas Gedanken lesen könnte. Dadurch öffnet sie sich ein wenig mehr und gibt sich dem Arzt preis. Wenn er doch nur endlich etwas tun würde, etwas was ihnen beiden Lust bereiten könnte ... Die Kerzen flackern; Lorenas glänzendes schwarzes Haar reicht fast bis zur Hüfte. Wie blass ihre Haut im Halbdunkel wirkt ..., vornehm blass.

Vorsichtig streichelt Luca ihren Damm. Lorena keucht. Erregung brodelt in ihr; der Dampfkochtopf wird irgendwann explodieren. Jetzt spürt sie einen von Lucas Fingern an ihrem Poloch. Lustvoll stemmt sie sich ihm entgegen.

Ich liebe die Vorbereitung für diese Sache. Ich liebe es, wenn wir uns Zeit nehmen. Luca hat sich für mich geduscht, ich habe mich für ihn geschminkt. Das Olivenöl, das wir benutzen, stammt von den Feldern meines Vaters. Wir haben herrlich gespeist; *Pomodori, Formaggini* und *Panini bianchi* – ein göttliches Sommermenü. Luca hat seinen linken Fuß unter meinen Rock geschoben, und ich habe vor Schreck beinahe den Chianti fallen gelassen. Dann hab ich die Beine ein wenig geöffnet, nur für ihn. Als ob nichts wäre, haben wir geredet, über unsere Stadt Milazzo, *una bellissima città,* sage ich euch. Von hier aus kann man in die ganze Welt reisen, insbesondere zu den Liparischen Inseln mit ihren mystischen Vulkanen. Stromboli mag ich am liebsten. Wenn Luca so weitermacht zwischen meinen Schenkeln, wird auch meine Muschi zum Stromboli, zum kleinen Vulkan. Ob ich da unten Feuer speien kann? Das Feuer kommt aus meinen Augen. Luca liebt das, ich weiß.

Lorena trägt ihr geblümtes Sommerkleid, das ich so mag. Es verhüllt kaum ihre Brüste, und ich kann den Rand des schwarzen Seiden-BHs sehen, den sie trägt. Lorenas Busen fasziniert auch meine Kollegen, die heute Abend Boccia spielen. Woran sie wohl denken, wenn sie die schweren runden Holzkugeln über die Bahn schieben? An die vollen Titten meiner *Bellezza?* An den *più bel Seno* di Milazzo wie Giuseppe, mein bester Freund, zu sagen pflegt? Wenn Giuseppe wüsste, dass ich jetzt, in dieser Sekunde, meinen Daumen in Lorenas gut geöltes Poloch schiebe – während er Boccia spielt? Ihre *Verginità,* ihre Jungfräulichkeit, bleibt bei dieser Technik erhalten und das ist das Wunderbarste daran, nicht, *Babbo?*

Lorena behält ihr geblümtes Sommerkleid an. Luca hat es lediglich hochgeschoben, um besser an ihren Hintern ranzukommen. Fest und rund sind ihre Arschbacken – wie *Panini bianchi.* Luca kann kaum mehr an sich halten. Wie eng seine Lorena ist! Seine Lorena?

Weiß Luca denn nicht, dass ihr Anus schon von Giuseppe, seinem besten Freund, von Scarzo, dem Schornsteinfeger, von Fluvio, dem Taxifahrer, und von Paolo, dem Priester, gesichtet und berührt wurde? Alle haben es benutzt, das *Olio di vergine,* das Jungfrauenöl von Nino d'Ambrosios Olivenhainen. Nino war Lorena stets ein liebevoller, aber strenger Vater. Wenn er in seinem stickigen Beamtenzimmer sitzt, hoch über den Dächern der Stadt mit ihren ausladenden Terrassen, denkt er oft über seine einzige Tochter Lorena nach und seufzt. Er weiß, dass die Männer da unten ihren Culo kennen – aber ... *perdonami dio!* Ihr Hymen, ihr Jungfernhäutchen, ist doch wohl noch unberührt, *santo cielo,* oder?

Ich fühle Lucas Daumen, oh, und wie ich ihn fühle, ganz tief in mir! Ich halte das nicht mehr lange aus. Wenn ich ihm doch etwas mehr geben könnte von mir, von meinem *Culo.* Ich weiß, dass die Männer meinen Hintern lieben. Jede Frau spürt Männerblicke, selbst die in ihrem Rücken. Luca ..., ich kann kaum mehr an mich halten. Wann endlich gibt er mir seinen Penis? Lucia, Sandra und Lucrezia, meine besten *Amiche,* haben mich gewarnt. Er hätte einen Riesenschwanz, haben sie gekichert, und es würde wehtun. Wir haben uns aber gut vorbereitet, Luca und ich, das *Olio di vergine* ist von guter Qualität. Und doch ... trotz allem ... wie liebend gerne möchte ich, dass er meine Vagina öffnet und mir meine *Verginità* nimmt. Ich wünsche mir *quattro Bambini ...*

Ob die Sgualdrina jetzt meinen Schwanz will? Lucia, Sandra und Lucrezia haben danach gebettelt, und ich habe ihn ihnen gegeben. Geschrien haben sie alle drei, und es war so geil, so eng ... Ich habe jedes Mal die Augen geschlossen und mir die Frauen als Engel vorgestellt – mit weißen Flügeln und wehendem schwarzem Haar. Jetzt also eindringen in Lorena. Nein, nicht in die Vagina! *Santo cielo!* Ihr Hymen muss erhalten bleiben, um jeden Preis – auch um den meiner Lust. Das mit den Bambini hat doch noch Zeit ..., ich erlöse meinen Penis von seiner Beengtheit und bringe diese *Signorina decente,* diese hochanständige Jungfrau, zum Schreien ...

Der Arzt dringt mit Wonne in Lorenas gut geölten Anus ein. Mit geübter Hand lockert er ihre Pobacken; ein Marokkaner hat ihm erklärt, das müsse man tun. Der Frau zuliebe. Welch ein Anblick Lorena ihm bietet! Er ist nicht der Erste, der im sechseckigen Turmzimmer der Tochter des Kommunalpolitikers Lust bereitet! Akribisch, wie das nur Ärzte können, untersucht er die Fältelungen von Lorenas Anus. Alles ist unversehrt. Vorgänger sind entweder nicht vorhanden oder sehr vorsichtig vorgegangen. Luca stößt zu.

Aaaaahhhh!!!! Diese Bestie! Aber ich will ihn, *Dio mio, fammi il toro!* Luca ist gut, sehr gut sogar. Nicht nur als *Dottore,* wenn er meinen Hals untersucht ... Es macht mich schwach, wie er mit seinen großen Händen meine Brüste umfasst und zustößt, rhythmisch, wieder und wieder ..., ich drücke mein Kreuz durch, soweit ich kann, um ihm Widerstand zu bieten, damit er noch tiefer eindringen kann. Das *Olio di vergine* ist guuut, sooo guuut ..., *grazie, Dio,* danke, dass du meinem Vater diesen wundervollen Ölbaumhain gegeben hast, den Hain, der unsere Jungfräulichkeit wahrt und uns doch größte Lust bereitet ..., hhhhh ...

Sie ist geil, das Luder. Nicht auszudenken, wie feucht ihre Scheide jetzt ist ..., ihre prallen Schamlippen, die ich aus meiner wunderbaren Perspektive erahnen kann ... *Dio,* lass sie meine Frau werden. Ob Giuseppe sie wirklich schon bestiegen hat? Ich bin jetzt ganz tief in ihrem *Culo,* beherrsche meine Lorena. Sie gibt sich mir hin, und zwar voll und ganz. Ich bin ihr *Porcospino,* ihr *Toro.* Schon wie sie keucht! Mit ein paar harten Stößen bringe ich sie zum Schreien, endlich! Nicht schlecht für eine *Signorina decente.*

Jetzt gehört sie mir. *Grazie, Dio.* An *Bambini* denken wir nach der Hochzeit, *quando saremo sposati.*

Übersetzung:

Fiera = stolz
Imene = Jungfernhäutchen
Corona verginale = Jungfernkranz
Amiche = Freundinnen
Babbo = Papst
Olio di vergine = Jungfrauenöl
Pomodori = Tomaten
Formaggini = Käschen
Panini bianchi = weiße Brötchen
Bellissima città = wunderschöne Stadt
Seno = Busen
Culo = Arsch
Sgualdrina = Nutte
Bambini = Kinder
Signorina decente = gesittetes Fräulein
Dio mio = mein Gott
Perdonami dio = vergib mir, Herr
Santo cielo = heiliger Himmel
Quattro = vier
Fammi il toro = mach mir den Stier
Porcospino = Stachelschwein
Dottore = Arzt
Quando saremo sposati = wenn wir verheiratet sein werden

Nachts sind alle Katzen geil
Erotische Geschichten
Krischan Schoeninger & Stephan Schlage (Hrsg.)

Edition Erozuna
ISBN 978-3-9811434-0-9
€ 14,90 (D)

Diese Anthologie vereint erotische Geschichten von Newcomern wie Amelié de Lyn und Anita Isiris bis zu Sophie Andresky, „Deutschlands Nummer 1 in Sachen Erotik". In sinnlichen, komischen, dramatischen, phantasiereichen oder harten Episoden loten neunzehn deutschsprachige Autorinnen und Autoren das Spannungsfeld zwischen Kunst und Lust, Porno und Obsession, Fetisch und Liebe aus. So muss ein afrikanischer Casanova gleich bei sieben Schwestern seine Qualitäten als Liebhaber unter Beweis stellen, ein Erbschleicher in seiner Beziehung folgenschwere Entdeckungen nach der ersten Nacht machen und ein Teenager sieht sich zu seinem achtzehnten Geburtstag mit der Frage konfrontiert, ob die Zunge beim Sex auch zur richtigen Person gehört. Lassen Sie sich überraschen!